大鱼

有爱的青春陪伴者

Sugar

你是手心的糖

打伞的蘑菇
×
著

花山文艺出版社

图书在版编目（CIP）数据

你是手心的糖 / 打伞的蘑菇著. —石家庄：花山文艺出版社，2018.12

ISBN 978-7-5511-2250-4

Ⅰ. ①你… Ⅱ. ①打… Ⅲ. ①长篇小说—中国—当代 Ⅳ. ①I247.5

中国版本图书馆CIP数据核字(2018)第262933号

书　　名：你是手心的糖

著　　者：打伞的蘑菇

策　　划：张采鑫

责任编辑：于怀新 张凤奇

特约编辑：廖　妍

美术编辑：胡彤亮

责任校对：齐　欣

装帧设计：颜小曼

出版发行：花山文艺出版社（邮政编码：050061）

（河北省石家庄市友谊北大街330号）

销售热线：0311-88643221/29/35/26

传　　真：0311-88643225

印　　刷：长沙鸿发印务实业有限公司

经　　销：新华书店

开　　本：880×1230　1/32

印　　张：9

字　　数：198 千字

版　　次：2018年12月第1版

2018年12月第1次印刷

书　　号：ISBN 978-7-5511-2250-4

定　　价：36.80元

前言

絮絮叨叨，温柔时刻

昨天晚上下了雨，早上坐在窗边有凉凉的风。

摊开昨晚没有写完的字帖，练到——春未老，风细柳斜斜。试上超然台上看，半壕春水一城花。烟雨暗千家。

刚好是现在的天气。

外面下起了雨，有些雨水顺着窗台溅进来，落在手臂上凉凉的。

耳机里的歌是《おなじ話》(同样的话），温言细语的对唱。

评论区最上面的两条很有意思，一个是“一定要找个女孩子唱这首歌”，一个是“一定要找个男孩子唱这首歌”。

然后大家把这两条评论顶到了一起，赞的数量一直都是一样的。

还有另外一首歌的评论区的一句表白。

两年过去了，别的评论都被点到了好几千的赞，只有这一条，不管什么时候去看，赞数永远是 520。

大家都在小心翼翼，又细致地呵护着这份喜欢。

《瞬き》(一瞬间）这首歌是在一个游戏视频里听到的。

战火燎原时，女孩子就静静地坐在天边，抬头可以看到夕阳。男孩子坐下来，轻轻地唱。

他们唱——

“幸福并不是繁星漫天的夜晚或者是阳光照耀的清晨；而是在倾盆大雨中，为重要的人撑一把伞这样的能力。”

刚好前段时间看到一部电影，宣传海报上有一句话特别喜欢——“那个人在我湿漉漉的心上撑起了一把伞”。

电影叫《恋如雨止》。

这个故事的结尾也有这样一个场景，好像是世界末日的时候。

季小觉坐在荒原之上，给封烬唱了一首她准备了很久的歌。

她自己写的。

很烂，但很可爱。

开始写这个故事的时候，我养了一盆绣球花。

因为没有照顾好，叶子一天天枯萎。

后来有一天晚上做梦，梦见它枯得只剩一片叶子了，嫩绿嫩绿的，像是刚长出来的一样。

第二天去看，在绣球花的底端，有一片很小很小的芽。

那一天刚好是季小觉发现自己喜欢封烬的那一天。

.03.

再说一些与她们有关的事情吧。

姜宰最近在做一些好玩的事情。有一天发来两张图，问我哪个好看。我好像在玩“找不同”一样，可看了五分钟，还是没有看出来两张图有什么不一样。

狸子小姐一眼就看出来了。

然后，我偷偷地看了姜宰辛苦做出来的东西。

全世界都在夸“什么神仙女孩儿啊”“想认识仙女啊”之类的。

我好想钻进去，说，让开让开，这是我的。

狸子小姐养了很多“多肉”。

有一天，她给我拍她的多肉小花园，问我，哪一盆比较好看。

我选了一盆。

她说好，这盆就叫“小伞”了。

我当时有个疑问，如果养死了怎么办。但是被人记挂是一件多么值得开心的事情呀，所以我没有问出来。

后来那一盆真的被她养死了。

“小伞”，没了。

我跟晏生有个约定，等我什么时候把字练漂亮了，我就要给她写信。

然后，我买了漂亮的信纸、精致的信封，还买了她诚挚推荐的钢笔。

可是五个月过去了，信纸上依然只有几个字——《写给露露的一百封信》。

其实一封信很短，大多数时候只有一句话。

2017 年 12 月 17 日

露露，我今天梦见我们在五一广场的地铁上迷了路。

2018 年 1 月 2 日

我看到了一部特别可爱的电视剧，你应该会喜欢。

……

好像自顾自地说了一些乱七八糟的事情。

不过都是一些会忽然觉得世界很温柔的瞬间——听到一首歌，看到一个故事，想起一个人，或者仅仅是看到雨水落在植物上。

现在回想起来，漫长地写稿子的日子，好像都是由这些细碎的温柔的时刻拼凑出来的长时光。

原来一直都很好呀。

所以希望看到这个故事的你们，所见所遇，尽是美好。

打伞的蘑菇

2018.5.25

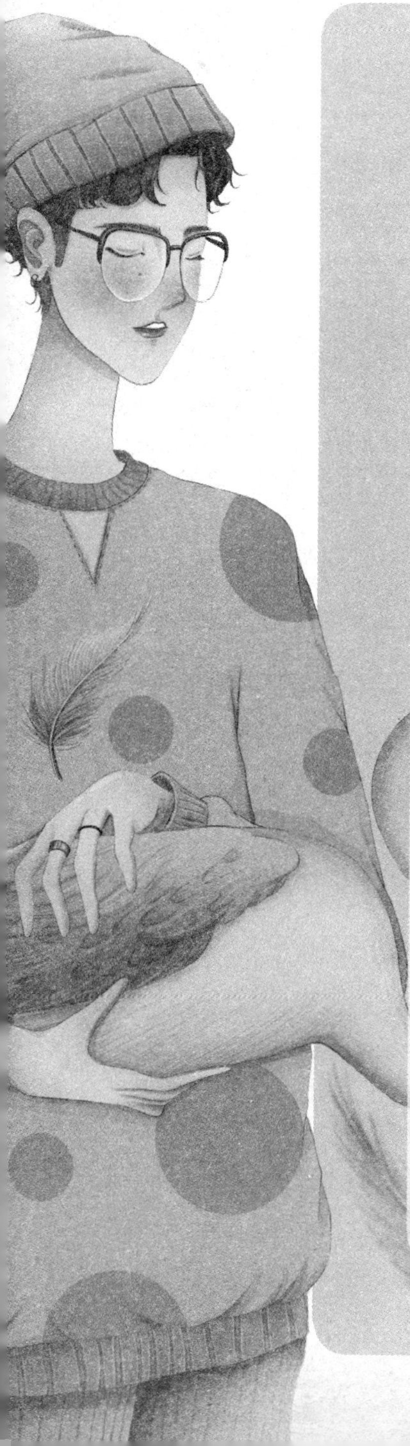

目录

一
天使手心里的糖

遇见你开始，
我就不再是我生命里最重要的人了。

Chapter.1

郎骑竹马来，绕床弄青梅。

1.

三月，白竹港警察学校北校区的老樟树还在随风抖落枝头的枯叶。早春的阳光清冷又刺眼，透过交错的树枝被切成光斑掉下来，据说是太阳的小孔成像。

地上树影摇晃，明灭重叠。

几个穿着训练服的学生聚在一起，手里拿着卫生工具。说是打扫校园卫生，其实只是胡乱地在地上扫了几下，带着几片叶子飞上来又落下去。

“这叶子又扫不完，有什么好扫的！除非把这一条路上的树都给薅秃！”瘦高的男生拿着竹扫帚有些不耐烦。

旁边的人随口应道：“要不你上去薅？”

“哼！”男生冷笑一声之后，不假思索地像猴子一样敏捷地上了树。

地上起哄声、嬉笑声次第而起，而男生站在高处，仿佛站在了世界中央，掩不住心里的得意：“我牛不？”

“牛，牛，牛！”

嘴角的笑意随着目光的逡巡而逐渐收回，他看着某一处，有些不悦，忽然喊了一声：“喂！”然后又猛地晃动树干。

树叶纷纷扬扬地落下来，好几片都掉在了女孩子的头发上。

女孩子愣了一下，抬起头推了推眼镜。不知道是不是眼镜戴久了的原因，她的目光有些茫然和呆滞，好像还不明白发生了什么。

其他人一团乱地躲开，周围一片欢声笑语。

“啊——”

啪嗒——

伴随着刚刚那声“喂”的尾音，树干断了，树上的人掉了下来。万籁在一瞬间戛然而止，只剩阳光里的细尘，蓦地风卷云涌。

“啊——”女孩子愣了数十秒才明白发生了什么，尖叫声顿起。

旁边的人似乎也才被这么一叫拉回神来。

“快叫校医！”

“我学法医的！”

“法医是不是搞死人的！”

“活人也可以搞！”

大家围上来，场面一片慌乱。

男生睁着眼睛仰躺在地上，一双眼睛像是骤然熄灭的灯，一下子暗了下去。

好像……还活着。

“怎么样，有没有事？”

“没事，没事，他还在说话！”

男生张合着嘴唇，许久才发出声音：“死……死人了……”

“没死，活着呢！”旁边的人镇定地说。

“不是。”男生的目光终于有了焦距，忽然猛地抓着眼前人的胳膊，“我说，我看见，死人了……”

……

风吹着枝叶摇摇晃晃，地上的光影动起来，像是一只浑身长满眼睛的野兽。

女孩子被挤到了人群之外，手里的叶子掉在地上。她脸色平静地看着香樟路尽头的那栋废弃的教学楼，不知道在看些什么。

香樟路上一年四季都有扫不尽的落叶。

幽长的一条沥青路从学校正门一直通到后山，三十分钟的路程能从最热闹的校区走到最荒凉的地方。半年前，还有许多情侣喜欢在夜深人静的时候走这条路，大概觉得像是人生的繁华与落幕。

后来路尽头靠山脚的废弃教学楼被拆了，重修新楼，尘土飞扬乌烟瘴气的，还有施工车嘈杂的声音，浪漫自然消散了。

出事的就是那个地方。

还没拆完的楼房只剩一个框架。砖瓦石木块堆得到处都是，施工队里的厨娘没注意，坐在老旧松动的木桩上，从五楼摔了下来，刚好掉在了下面横着乱放的钢筋上。

整个人从腹部被贯穿，像是行刑似的被插在那里。

只是意外而已，校方和警方一致这么说。

可是校园论坛上一时之间流言四起，甚至迅速地分出两个流派——

一个是“科学派”，主张谋杀说，觉得事情肯定不那么简单。另一个是“玄学派”，也觉得事情不一般，因为学校闹鬼的传言已经流传很多年了，所以他们坚信有鬼。

一时之间，“科学派”和“玄学派”吵得不可开交。

竹港校吧：

水友A：我听说那块地本来就不干净，困着不少冤魂，出事是早晚的事……

水友B：是的！是的！因为以前是战地医院，死过不少人。我奶奶说因为经济跟不上，医院资源有限，那些人都是活活被搁置死的。

水友C：什么神鬼论，死的那女的我知道，年轻的时候私生活很乱，现在也不知道怎么就混进学校工地做菜了。我看就是情杀或者仇杀。

水友D：我站凶杀案！人证、物证全都有，侦探们，大家加我VX，我们一起了解一下！

……

季小觉正看得津津有味，脑内剧场也分析得头头是道，电脑却被“啪”的一声关上了。

她抬头，唐千叶目光如炬：“好看吗，兄弟？”

唐千叶是季小觉的室友，长得挺文雅，性格却很流气，是学校刑侦专业的学生，据说还是什么校侦查协会的副主席，每次学校一发生什么，她总是舆论风向的掌舵者。

而季小觉长得挺乖巧，也确实很乖巧。唐千叶是掌舵者的话，她就是观察员，躲在唐千叶身后探头探脑，偶尔插上一脚，可只要风浪一来就缩成一团，不见人影。

季小觉很奇怪唐千叶这次怎么没有行动，于是就把自己整理好的案件笔记给唐千叶看，问：“小糖，你说这是人做的还是鬼做的啊？”

唐千叶正在喝药，差点被季小觉的话给呛到，说：“多大人了，还信鬼，你右脑没开发过吗？”

“可是……”

“可是个屁啊。还有，你这都画的啥？”唐千叶迅速地看完季小觉画得一团乱的草稿纸，有些眼花，“我跟你说啊，真相呢就像树干，大众口耳相传，树干便长出了枝丫，它们寄附于真相上却又掩藏了真相，要找出树干在哪里，只有一层一层修剪掉分支，懂吗？”

唐千叶边说边在季小觉鬼画符的稿纸上圈了几条出来。

季小觉并不是学刑侦的，所以看不明白，只能似懂非懂地点头。

可唐千叶说着说着就停了下来，笔尖顿住，墨迹在纸上晕染开来，描出清晰的纸纹。

“怎么了？”季小觉抬头。

唐千叶若无其事地把草稿纸折起来放进口袋：“没事，想到了不得了的东西。”转眼又把注意力放到季小觉身上，“所以你对这事儿很感兴趣？”

季小觉有些敷衍道：“也还好，就无聊嘛。”

“那想知道真相吗？”

“想！”

“那行。”唐千叶的桌子乱七八糟的，她翻了半天才找到自己的手机，“想知道的话，换了睡衣，待会儿叫你出来。”

季小觉低头看了自己这一身，没来得及问待会儿出去干吗，唐千叶已经走了。

桌上搁着唐千叶没放好的杯子，关门的动静引得桌子都震动了一下，杯子倒下来，灰褐色的液体流了一桌子。

季小觉赶紧收拾了，又见唐千叶的桌子实在乱得没法看，就顺带帮忙整理一下，却看见一个姜黄色的信封，里面厚厚的一沓，好像是……钱？

季小觉没多想。

唐千叶和她是大四上学期才住到一起的。

那个时候，大四的学生大部分都出去实习，宿舍也退了一部分，于是剩下的大四“老年生”就没分专业整合到一起。

两人就是那个时候被分到一个宿舍的，到现在也才不过小半年的时间。

所以唐千叶家里具体怎样，季小觉也不太清楚，只知道唐千叶有一个外婆，衣食起居全包在她身上。季小觉看她最多的时候一天能兼三份职。

但唐千叶看起来并不是背负着这么沉重压力的人，她永远是朝气蓬勃、无畏又洒脱、坦荡且帅气的样子。

如果用一种动物来形容的话，应该是貉。

季小觉记得以前看过一部动画片，讲的就是貉，也就是日本狸猫，对于它们这种生物来说，生活没啥道理，有趣就是正义。

所以，季小觉喜欢跟在唐千叶后面。唐千叶像一个开拓者一样，带季小觉见过的万里疆域，都是季小觉梦寐以求却未曾涉足的土地。

唐千叶走了之后，宿舍蓦地安静了下来。

季小觉打开电脑继续八卦，网络重新连接上去的一瞬间，无数道“嘀嘀嘀”的声音响起来，全是论坛更新的消息，“科学派”和“玄学派”各执己见。

“科学派”说学校背地里请来了专家和调查小组正秘密展开调查。

“玄学派”说现场有鬼杀人的鬼证。

没多大工夫，“科学派”已经给“玄学派”下战帖了。

两大学派约好今晚去现场比拼，人做的找人证，鬼做的找鬼证，然后整理线索发帖，让大家投票。输了的队请赢了的队 KTV 豪华大包狂欢一夜。

所以，现在贴吧里全是站队的。

大家都是没什么立场的人，风往哪里吹，草往哪边动。他们在意的压根儿不是真相，而是自己是否能参与掌舵舆论的风向。

季小觉随便翻了几页，目光停在一个叫“地狱鬼手”的帖子上。

所谓地狱鬼手，说的是人都有求生的欲望，与之对应的也有一颗向死心。

比如说站在高处往下看的时候，多数人会有一种往下跳的冲动。

其实是被从地狱伸出来的鬼手抓住了灵魂，一瞬间的犹豫不决或者是短暂的轻生念头都会被蛊惑，然后“被”跳下去。

手机铃声蓦地响起来，吓得季小觉心跳到了嗓子眼。

不知道是内心影响了对环境的感觉，还是环境攫住了内心，季小觉这才觉得整个宿舍里都充斥着一股寒气，流动的空气里裹挟着一丝古怪的味道，走廊上的猫弓着身子走过，发出一声类似野兽的吼叫。

季小觉抖着手接起电话。

电话里，唐千叶直奔主题：“季小觉，快出来！”

2.

晚上七点半，学校道路两旁的路灯照着婆娑树影。

季小觉挂了电话就立马跑了出来，气喘吁吁地停在宿舍楼前的路口。

唐千叶恰好骑着小电动停在她面前：“你干吗跑得这么慌张？”

季小觉看她有点灰头土脸的样子，问了句：“你刚刚干吗去了？”

唐千叶没回答，迫不及待地说：“先上车。”

电动车驶过长长的香樟路，停在尽头的废弃操场的乒乓球台旁边。

季小觉愣了一下，看着对面——

古老破败的老楼拆了一半，此刻只剩干瘪的一个框架，在月光的雕琢下宛如一个骷髅头。光影与明暗交错，夜行的猫一跃而过，碧色的眼睛像是一颗坠落的星星。

“小糖，这是……”

这是哪里？季小觉心知肚明。所以，唐千叶没回答，只是转过头来瞥了她一眼：“你声音抖什么？”

“我没抖，我天生颤音。”

“那你下来啊。”

季小觉还在小电动后座，因为害怕，下意识地抓着唐千叶的衣角。她瑟缩着身子，脚刚要着地，却听见远处传来“砰砰砰”的声音。于是，她立马又缩回了脚：“等一下，小糖，你快听！”

有人说，深夜里来路不明的篮球声，其实是游荡在人间的灵魂遗失的心跳，一旦发现自己的心跳和篮球声重合，那么就会被灵魂夺走整颗心脏。

也有人说，你以为听到的是篮球落地的声音，其实是掉在地上的心脏，还没有来得及死去。

“不就打篮球吗？”唐千叶强行把季小觉从电动车上拖下来，然后仰起脖子忽然喊了一声，“都黑漆漆的，你们还在那儿打球，你们看得清篮圈在哪里吗？”

季小觉最后没有被鬼吓到，而是被唐千叶这忽然的一嗓子吓到了。她咽了咽口水，忽然觉得鬼有什么好怕的，谁能干得过唐千叶啊。

这么一想，她顿时豁达了不少，只是手上依旧没松劲儿：“唐千叶，我们来这里干吗？”

“不是想知道真相吗？”唐千叶边锁车边说，“‘纸上得来终觉浅，绝知此事要躬行’的道理懂不懂？今天带你见识破案的快乐，明天你就继承我侦协副会长的衣钵。”

“可是……”

唐千叶压根儿不给季小觉说下去的机会，一个头盔盖到她头上：“别怕，‘头铁’解决一切。”说完强行把季小觉给拖拽到了事故现场。

废弃楼前的现场被隔离带围了起来。

满地的沙堆和石块，一堆杂乱的钢筋上画着尸体痕迹固定线。

借着隐约的月光能看见淌了一地的血迹，而血迹尽头插着一枝迎春花，不知道是谁放上去的。

季小觉摆正了头盔，视线也跟着正了过来。

她似乎能想到人被插在这里，感知着血液从身体里一点点流干的样子。

应该是无助又绝望，可触目只有白茫茫的一片天。

季小觉觉得心脏仿佛被什么攫住了，有些呼吸不过来。而唐千叶……

季小觉不知道唐千叶为什么要给她戴头盔，而且目镜那里还摔破了一块，推上去总是会自己往下滑，看人都格外不方便。

她索性就隔着玻璃的颜色看了眼唐千叶。

刑侦专业的心理素质就是好，唐千叶看现场的样子就跟在食堂窗口挑自己今天要吃哪两道菜一样。

唐千叶察觉到季小觉的目光，逮着机会说教了一番："季小觉，作为一个刑侦人员所要具备的心理素质其一就是镇定理性，哪怕现在躺在这里的是你的亲人，你也能面不改色地分析现场，你懂吗？"

季小觉摇头，又点头，忽然想到什么："唐千叶，论坛上那个战帖是不是你下的啊？"

唐千叶看了她好一会儿才说话："不然呢？"

她以为季小觉早知道了，这姑娘反射弧也太长了吧！

"我好歹是侦协副主席，总不能让歪门邪道挑战我们协会的名誉吧？再说了，侦协镇邪，我们干的就是镇邪的事儿！"

"那你现在看出什么来没有？"

唐千叶蹲下来看了一会儿，东掰一下西摸一下，完了她还若有所思地摩拏着下巴，看架势不比福尔摩斯差。

许久，她说：“没有。”

“那……”

“嘘……”唐千叶忽然比了个手势。季小觉跟着集中注意力，这才听见远处有轮胎碾压树叶的声音——有人来了！

唐千叶拉住季小觉：“先躲起来！”

这个地方能说得上躲的也就房子里面了。季小觉被唐千叶拉着往屋子里面冲。

这种感觉就像是为了躲避后面的追兵而义无反顾跳了崖一样。

毕竟，如果真有凶手的话，里面可就是凶案现场。

这栋建筑有些年头了，楼梯都是木质的，踩上去嘎吱嘎吱响，跟要断了一样。季小觉提心吊胆地跟着唐千叶停在了四楼。

上来才发现左手边的走廊连栏杆都没有，要是不注意就会掉下去，而正前方是一个很深的走廊。月光洒进来，照着坑洼不平的地面。废旧的砖块、木块到处都是，还有工人随便丢在地上的一次性饭盒和包装袋，墙上还有忽然伸出来的什么管道。

季小觉一不留神就撞上去了，幸好头铁。

唐千叶回头警告她：“我给你头盔是让你保持神秘感的，不是让你瞎鸡儿撞墙的，OK？”

季小觉点头，扶了扶头盔跟着唐千叶继续走。

这栋老楼的构造真的很奇怪。走到头了，往左又是同样一个走廊，只不过这一次不是两边都是墙壁，左手边并排两个房间，正面的墙像是建好了又被凿了，空荡荡地张着两张嘴，里面好像还有两间房，跟在一个空房子里又放了一个田字格的小房子一样。

两条走廊走过来就是很大一个空间了，月光洋洋洒洒地照进来，这里开阔又敞亮。季小觉这才发现正对面是没有墙的。

两边不到一米宽的木墙，中间全部都被凿了，插了几个木头桩子，之间用布条连了起来，而正中间的布条已经断了，在月光下随着风飘来飘去，像是魔鬼的裙摆。季小觉猛觉背后一阵阴风。

“别杵那儿啊，过来墙角！”唐千叶在前面小声喊。

季小觉赶紧跑过去，再次抓住唐千叶的衣角。

木墙上刚好有两个不知道留作什么用的圆孔，透过去可以看到对面废弃的操场，还有操场边的职工食堂。

所以自然也能看到缓缓而来的车子。

逼近的车灯像是刀片一样划开夜幕，一闪一闪的，像是鬼魅的眼睛。大概因为太过安静的原因，季小觉在这一刻能听见自己的心跳声，清晰又突兀。

“不对啊……”唐千叶呢喃了一句，“这不是……”

她没有说完，车子已经停在楼前了。熄灯，熄火，季小觉看到有人从车上下来。

是一个男人，个子很高，身形笔直挺拔，但看不清脸，身影比夜色还要浓郁几分。不知道为什么，季小觉在这样的夜色里忽然想到了冬天的阳光，清冷又刺眼。

她这才回唐千叶："你认识？"

"我不认识。"

唐千叶这么说，所以季小觉自然而然地以为是唐千叶说的歪门邪道过来PK的人。

虽然看气质身形的确不像，疑惑了一会儿，季小觉又立马想起之前在电视上看到的，往往越是这样看起来体面颇具现代气息的人，背后总有一个什么绝迹门派的神秘背景。

所以也没觉得奇怪，反而有些兴奋。

男人一只手插兜里，月光下的身影不甚清晰，长腿阔步地朝这边走过来。

他和她们一样，先停在了楼前那一堆乱钢筋前看了一会儿，然后蹲了下来，架势和刚刚唐千叶的样子比起来，显然更专业，而且看得更久一点儿。

等他站起来的时候，忽然又蓦地抬起头。

季小觉惊得往后一退。明明不可能，可是她就是有一种他们的目光在某一刻某一点撞上了的感觉，心跳忽然没了规律可循。

"季小觉，你怎么这么鲁莽！"

季小觉这才意识到自己动作用力过猛，这一退直接把唐千叶给撞到地上了。可刚刚自己跟被摄了魂儿一样，完全没意识到自己怎么做到的。

她手忙脚乱地去拉人，没把人给拉起来，自己还跟着摔了一跤，直接压在唐千叶身上，动静不小。唐千叶嗞了一声，忍着咒骂："别动了！再动就被发现了。"

季小觉有一点不明白。不是理直气壮地对决吗？现在躲什么啊？

唐千叶一边解释，一边骂：“关键是这个人不是搞迷信的对方选手啊，我不知道他是谁！”

“哈？”季小觉这才明白过来，这个人来路不明。

事情似乎一下子变得复杂了起来。

“那怎么办！”季小觉这会儿思维倒活跃，“会不会是凶手过来毁尸灭迹的啊，待会儿不会连我俩都解决掉吧？”

不知道为什么，季小觉在这样的恐惧时刻居然想起了一句话，叫“美人手下死，做鬼也风流”。

虽然她清楚地明白这句话不是这么说的，也不该是在这个时候想的，但是洪水冲过来的时候，谁管你现在是不是良辰吉日啊。

“你在这儿别动，或者找地方躲起来。”唐千叶双手按着季小觉的头盔，把她从春心泛滥里拉回来，“我去看看，有什么事情叫我。”

“哦。”季小觉茫然地点头。等唐千叶走了之后，她才回过神，什么叫作叫天天不应叫地地不灵，叫唐千叶能干吗啊？

季小觉害怕，手脚并用地爬到墙边阴影的地方，而这个时候脑袋里的那些反骨因子已经开始出来兴风作浪了，睁眼闭眼全是以前看过的恐怖画面。

季小觉权衡了一下，还是努力睁开眼睛吧，让现实照进想象，并击溃它！

可现实是什么样子的呢，风吹着外面的什么东西叮当作响。季小觉穿得不多，冷不丁一个哆嗦。

月光照进来，所有的物体都被蒙上了一层惨白的光。只要你仔细听，就觉得好像有什么东西在地面滑动，丝丝入耳。于是，地上的痕迹仿佛有了生命般，动了起来。

嗒——嗒——嗒——

脚步声越来越近，忽然断了，又重新响起，每一步都在靠近季小觉的方向。

季小觉屏住呼吸，一步一步筛糠似的往求生通道挪。终于，宛如波浪线一样的脚步声过了最高点，开始走远了。

可还没来得及松口气，季小觉的手机突然响了！

哎呀！沈竹言这个时候给她打什么电话啊！季小觉手忙脚乱地按掉了电话，安静下来之后连刚刚的脚步声都没有了。

周围一瞬间陷入了一种诡异的寂静里，甚至能听到空气流动的声音，又或者是鬼魅的呼吸。

季小觉贴着墙站起来。冰凉的墙壁刺激着神经，整个人反而好像镇定了那么一点儿。

一点点而已，季小觉壮着胆子沿着墙角往那边看了一眼。

刚刚那人应该是从田字格房间另外一面的走廊过来的，也就是楼梯右手边连栏杆都没有的走廊。

可是，现在那里并没有人。只有月影摇晃，照着地面的废弃物堆叠如山。

该不会真的是鬼吧！

季小觉抱着这样的想法回过头的时候，一道黑影就这么猝不及防地撞进她的视线里。

天知道这种对号入座的恐惧感有多强烈。季小觉完全是不受控制地下意识地蹲下抱头，还疯狂地尖叫了起来。

就算闭上眼睛还是能看见刚刚那一眼扫过的画面——

因为光影错落的原因，她并没有看清那人胸口以上的部分，只有月光照在他怀里，像是聚光灯一般将他手上那半截断手展现在季小觉眼前。

惨白的，毫无血色的，像是从乱葬岗里拣出来的，地狱鬼手！

所以，季小觉的尖锐叫声里，偶尔还会蹦出几个不一样的音节：“我……鬼……鬼，牛啊——”

季小觉的肺活量真的超乎想象，尖叫声持续了好几秒，到最后声音都快劈了。

而对方这个时候才开口，短短的几个字，冷静又不耐烦：“行了，别叫了，很吵。”

季小觉立马乖乖地闭上嘴，她尝试着抬头，这才看清对方的样子。

应该不是鬼吧？

黑色的风衣里面穿着很正式的西装三件套，气质和表情都凛冽得像是刚从会议桌上走下来的一样。

她愣了一下，没来得及细想，思绪又被对方冷漠的声音打断：“你是谁？”

季小觉觉得自己蹲着他站着这样的差距实在是太碾压了，可她站起来之后发现对方还是比她高一个头。

“你又是个什么鬼？”别人是气质里的冷静，她是骨子里的愣劲儿，这个时候还站这儿跟人对峙，仿佛人家回答一个“风流鬼”她才满意似的。

对方冷冷地看着她。

最开始只是看到了拐角处她的影子，细长的一条，头顶还是圆的，跟个棉签似的，走过来才看见是个人，戴着头盔，只看得到眼睛，吵死人不说还说他是鬼。

反正两人都没把对方当人看，季小觉也懒得自我介绍了。他刚准备开口，季小觉朝对方大骂一句“风流鬼吧”，然后跑了。

他站在原地，很生气。

季小觉是冷静分析了一番才得出风流鬼这个结论的。

但是她也不知道自己哪里来的勇气，总之吼完就往楼梯那边跑。

跑了两步而已，脚下不知道被什么绊倒，然后噼里啪啦的一系列混乱的声音接二连三响起，像是推动了多米诺骨牌，地上瞬间一片狼藉，包括她自己。

后来季小觉想，这个时候确实是有命运的多米诺，在此刻被她推动了。

头盔掉了下来，咕隆咕隆地在地上滚动着，一路碾过音量键的减号，直到撞到墙上，给整个世界都按下了静音。

后面的人并没有动，大概是还站在那里。

从始至终，被吓到的是季小觉，瞎叫的是季小觉，包括现在自讨苦吃的，也是她本人。别人压根没动过。

季小觉想到这里觉得自己实在太像小丑了。她利落地爬起来，看不清对方的表情，应该是嘲笑吧。她也无暇注意对方表情里一瞬间的滞愣，只是握紧了拳头，仿佛是在与什么恶势力做斗争似的，跟喊口号一样的气势：“不是人，了不起吗？你有本事吃了我啊！我就算变成骨头也要塞在你牙缝里，让你一辈子剔不出来！”

女孩子不大的声音却在这个空荡荡的房子里撞了好几个来回，一直到最后，一点尾音也消散了。

对方沉默片刻，才不急不缓地漠然提醒："骨头不塞牙。"

"……"

"你瞎叫嚷什么呢！"唐千叶这个时候知道回来了，在暗处伸出一条手臂抓起季小觉就跑，边跑边教训她，"整栋楼的鬼都被你叫起来用餐了，你这么几根骨头还不够别人剔牙！"

季小觉委屈得要死。她哪儿管得了那么多啊，正常人在这样极度恐惧的情况下说的话，本来就是胡言乱语毫无逻辑啊！

她没被吓哭已经算勇气可嘉了。

男人还在原处，本来就又脏又乱的地方现在更是一片狼藉，被绊倒的水冲掉了地上仅有的痕迹。只是这里为什么恰好有水？

还有他手上这个玩意儿，一根长得像手的蘑菇。真是无聊的恶作剧。

他看着墙边的头盔，平滑的表面在月光下折射出一道耀眼的白光，和他之间隔着一大片水痕，他懒得过去。

他拿出手机按了几下，回过头的时候差点撞到人。

穿着斗篷的女孩子气喘吁吁地停在他面前，眼神有些担心。

"没事。"男人收了手机，皱眉，问，"怎么不在车里待着？"

女孩子有些心虚，不过男人也没有责怪的意思，说："走吧。"

女孩子往前看了一眼才回头跟上去，刚刚听到尖叫声之后，她也犹豫了很久，后来实在忍不住了才上来。

回到车里，他靠着椅背，揉眉心，大概是因为疲惫，声音有了一种特别的质感：“来了个‘尸景观光团’，现场也没了，白跑一趟。”

女孩子系好安全带，正准备发动车子又停了下来。

她拿出手机，解锁后递到男人眼前。屏幕的荧光照着他的脸，以挺拔的鼻梁为界限，一明一暗。

他睁开眼，瞳孔黑得发亮，看清楚屏幕后，问：“刚拍的？”

女孩子点头。

“查一下吧。”他的语气总算缓和了点儿，可是表情并没有放松，依然紧皱着眉，像是在思考什么宇宙之间的原子定律似的。

我手机呢？不等男人开口，女孩子指了指车门上的储物格。

果然，男人找到手机，表情放松了许多：“谢谢。”

女孩子害羞地摇了摇头。

唐千叶和季小觉一口气跑出了楼，为了避免被追上，两人还选了后面一条小路。季小觉这个时候还惦记着唐千叶电动车还没拿呢。可是又一想现在重点确实不是这个。

而是那人究竟是谁啊，为什么她们要跟亡命天涯一样跑掉？

季小觉喘不过气，也顾不上问。

等到跑到路灯下，终于觉得安全了点儿的时候，唐千叶却忽然松了季小觉的手蹲在了地上。

她抱着自己另外一只胳膊，好像很难受的样子。

季小觉这才觉得有些不对，问道：“唐千叶，你怎么了？”

唐千叶疼得说不出话，额角的汗珠更像因为疼痛渗出来的。季小觉心里越发的慌乱：“唐千叶，你哪里不舒服，你告诉我……”

“没事。”季小觉不知道唐千叶费了多大的力气才从牙缝里说出这几个字，她断断续续，喘着粗气，“刚才没注意被倒下来的木桩子砸到手了，逃命的时候命要紧，顾不上疼，现在才觉得疼死我了……”

季小觉慌忙去看唐千叶的手，她左手手背上血肉模糊，根本就不知道哪里是伤口。

季小觉手足无措，也不知道该怎么办才好，深呼了好几口气才镇定下来：“你先别动，我给沈……”

说着，一道车灯伴随着发动机的声音照过来。

季小觉心里一惊，下意识地站起来，以一种保护者的姿态，挡在唐千叶面前。

她其实也没多大的胆子，要命的怯懦、要命的𡲆，永远是躲在人后的那一个。可是这一刻，尽管无法预知停在她面前的会是怎样的人，会有怎样的危险，她却义无反顾地挡在了唐千叶前面。

“季小觉……”

“唐千叶，没事儿，我待过杂技团，一个人我能对付。”

“不是……”唐千叶仿佛疼哭了，这两个字的发音有些喑哑，不过立马又恢复如初，“是祝安根。”

“啊？”

3.

祝安根算是唐千叶的半个“竹马”。

之所以说是半个，是因为两人并不是打小就两小无猜。他们小学二年级的时候才认识，然后一起上初中、高中，除大学以外一直在一个班。

季小觉虽然从没见过祝安根，但经常听唐千叶说起这么个人。

傻里傻气，娘儿们唧唧，打游戏的时候会被对方骂哭。

这几个词虽然听起来不怎么好听，但从唐千叶嘴里说出来并没有什么贬低的意思，反而听起来有些宠溺。

反正季小觉是这么觉得的。

毕竟唐千叶那样的恶霸流氓性格，三句话不含任何文明用语，要是真看不惯，早把人骂到轻生了，也不至于天天挂在嘴边。

但是两人完全没有那种青梅竹马的暧昧感，据唐千叶所说，他俩从小学开始就是各谈各的恋爱，偶尔兴致上头还帮对方出谋划策。

所以怎么说呢，这对恶霸青梅和甜心竹马，把“郎骑竹马来，绕床弄青梅”活活演绎成了“桃园三结义”。

季小觉今天算是见识到了唐千叶所说的“娘儿们唧唧”是什么样子了。

刚到医院的时候，季小觉觉得祝安根真的很不错，理智、镇定、周到又细致，再加上长得也不错，俨然一副绝种好男生的样子。

可是季小觉买完粥回来顿时变味儿了。

祝安根大概是从在路边看到唐千叶的时候就开始忍了，现在见唐千叶躺在病床上的没事样子终于松了口气，索性也不忍了，坐在旁边尽情流泪，哭得跟唐千叶得了什么绝症似的。

唐千叶看着他，沉默了好一会儿才开口：“别哭了，兄弟，你再哭，我病房都要被你淹了，三分钟就行了，你还真打算哭到天亮啊？”

祝安根喉咙有点儿哑：“对不起，我……”

“行了，‘泪龙头’关上再发言。”

他低头擦了下眼泪，问：“还疼吗？”

“还行。”唐千叶故意敷衍，又说，“要不你给我削个苹果吧，我有点渴。”

祝安根调整了一下情绪，可眼圈怎么都是红的，削苹果像是在削洋葱，他削完苹果递给唐千叶，满眼惆怅：“要是我能替你疼就好了……”

唐千叶一口咬下苹果，清脆的声音在忽然而至的静谧里显得格外突兀。

季小觉这会儿还拎着粥站在门口，这样的气氛让她进也不是出也不是。

唐千叶老早就看到她了，话锋忽然生硬地一转：“杂技团的那位，刚不是挺猛的，现在进门都不敢啦？”

“啊？哦。”季小觉进来，朝着祝安根笑了笑，算是打招呼了。

“别客套，你俩估计早从我嘴里听完对方的一万个缺点了。”唐千叶确实饿了，没受伤的手又要吃苹果又想喝粥，仿佛刚刚诡异的气氛只是季小觉的错觉而已。

祝安根无奈，接过苹果又给切成了一小块小块的，装盘里递过来。唐千叶以前很排斥这样吃苹果，因为觉得娘。

现在身不由己，居然觉得还不错。

她嘿嘿笑着接过来，然后过河拆桥打发人：“行了，你回去吧。”

她毫不留情道：“你再待这儿哭下去得脱水了，喝完长江都填不满你。你回去歇着，明天再来哭。”

“那你今天早点睡？我……”祝安根欲言又止，最后也没说出什么来。

“行行行……”

季小觉坐在旁边，像是观众一样，格外认真地看着两人的表情。唐千叶永远这副作威作福的样子，倒是祝安根……

可能天生这样吧，眼里总有化不开的愁绪，性别转换一下大概就能 COS 姑苏林黛玉了，还确实是娘儿们唧唧的。

祝安根走了，季小觉居然松了口气。刚刚的气氛确实太悲伤了，现在她和唐千叶埋头喝粥，一个比一个快活。

季小觉咬着勺子，忽然想到什么，说：“小糖，我忽然觉得你特别像我在贴吧看到的一篇小说的女主。”

唐千叶没应，季小觉又喊了一声她才抬起头：“你说啥？”

“就是一对青梅竹马的故事，是以男孩子的视角写的，说女孩子从小就是一个特别莽的女孩儿，爱说脏话，爱管闲事，感觉跟你差不多。男主小时候打不过的架都是女主出手解决的。两人最开始也是真情实感兄弟情，而且女主高中的时候帮男主追过别的女孩儿。

“后来有一次男主生日，又恰好赶上学校元旦晚会，女主就上台给男主唱了一首歌。女孩子是南方人，吴侬软语，就跟《秦淮河》里那种声音一样，嗲起来让人骨头发酥，可是她居然嗲着声音唱了一首《好汉歌》，男主说就在她千回百转唱到‘大河向东流’里的那个‘河’字的时候，他才猛然觉得，完了，他好像爱上她了。”

季小觉其实还挺不理解的，那么久的朝夕相处都没有催化出什么可能性，爱情又怎么会在一瞬间发生。

可后来她才知道，所谓的坠入爱河的那一刻，或许是火山迸发、海啸袭来、春光乍泄的那一刻。但是不管是火山的熔岩，海面的巨浪，还是含苞待放的花骨朵，其实都是早就存在的。

所以爱情，大概都是潜移默化又悄无声息地融进生命里的。

季小觉自顾自地说了一大通，完了之后才意识到唐千叶一直都没说什么话。

她也没觉得有什么奇怪的地方，还沉浸在故事里：“我也好想听一下吴侬软语唱《好汉歌》是什么感觉……”

“你在哪儿看到的？”唐千叶忽然问道。

“啊？”季小觉愣了一下，没反应过来，“我们学校贴吧上啊……还是精品帖呢。”

唐千叶没再问了，收了桌上的东西：“行了，赶紧洗洗睡吧。”

季小觉觉得唐千叶好像有点儿不对劲，想了一通之后，忽然问道：“唐千叶，那帖子该不会真的是祝安根写的吧！女主是你吗？”

“再嚷嚷拿你剔牙了！”唐千叶恐吓道。

“可是……”

“我不是南方人，我地中海本地人。”唐千叶言简意赅地否定。季小觉一想也是，却忍不住觉得遗憾。

季小觉躺下之后许久才平复下来。夜深人静总算没有那么多杂念了，这么一来，从脑海里转瞬即逝的诸多疑问又浮了上来。

今天这事儿算是千里送人头了，赔了夫人又折兵，啥好处都没捞着。

可是季小觉还是不明白，她们当时为什么要跑啊，那人究竟是谁？

季小觉想问的时候唐千叶已经睡着了，她缩成一团，像只猫咪，呼吸平稳又均匀。这个时候的她像是脱下了盔甲似的，没有那些跋扈和嚣张，只有一种小女孩子的温柔。

说起来唐千叶确实比她小一岁。

真是个小姑娘啊！季小觉叹了口气。这样的女孩子一定是被保护得很好的女孩子吧，要是祝安根能永远保护她就好了。

季小觉伴着这样的思绪渐渐睡着了，睡得深的时候还做了个梦。

她梦见自己高中的时候被人群殴，自己毫无还手之力，结果出现了一双玩打火机的男人的手。他闲庭信步地走过来，三两个回合就把这群人给撂倒了。

季小觉感激涕零，正准备以身相许，可抬头只看见一只惨白的断手。

地狱鬼手！

季小觉猛地惊醒。梦里的画面和晚上的经历历历在目。她看着天花板，眨了眨眼，终于清醒了，与此同时，还有个不得了的想法——

那人该不会就是凶手吧！

当人在脑海里形成一个结论的时候，所有的判断都会不受控制地靠向它。

就像玻璃上往下滑落的水珠，明明只受重力往下，却会在某一点忽然拐弯，不由自主地融进旁边的一道水痕，与之汇聚成一路。

季小觉立马小心翼翼从床上爬起来，她担心惊动唐千叶，于是拿了纸笔去走廊上。

深夜的医院不算太冷清，护士站的护士打着呵欠满脸的疲惫，偶尔有起夜的病人和家属，拖沓着脚步发出沉重而缓慢的声音。

季小觉在旁边的凳子上坐下来。

现在是凌晨四点，她想了一会儿，虽然脑袋里有关于昨晚的记忆，但一片混乱，那个人的样子却莫名地格外清晰。

她下笔，笔尖摩擦纸面的声音是记忆絮絮叨叨的耳语。

脸部轮廓清晰分明，下颌骨凌厉又流畅，一笔下来尽是锋芒。

眼睛黑白分明，眸光清冷，鼻梁挺直，薄唇紧闭，嘴角微微向下，有一种厌倦不耐烦的情绪在里面。

不过半小时，一张人物速写便跃然纸上。只不过季小觉自己还没意识到，这是她花时间最久的一次速写了。

她看着纸上这张脸，犯人？不是犯人？

看起来确实不像，但是总不能被外表蒙蔽了双眼吧，而且不是犯人，手里干吗拿一只断手？

想到那只断手，季小觉就觉得发怵。于是，她下定决心，不再犹豫，把这张图拍下来发到了论坛。

夜晚总是给人一种扑朔迷离的不真实感。所以后来的季小觉再怎么也想不起来，自己当时为什么会那么笃定他就是犯人了，只能归咎于夜太深，而不是命运。

病房的门忽然被打开，唐千叶站在门口，看见季小觉的一瞬间立马又关上门。

季小觉还没回神呢，又被这“啪”的一声震得一蒙。

唐千叶过了一会儿才又开门：“季小觉，还真是你啊，大半夜的不睡觉，搁这儿练功呢？”

季小觉看她眼睛红红的，以为是刚睡醒的原因，问道：“你要去洗手间吗？”

唐千叶“嗯”了一声。

“我陪你。”季小觉站起来，跟在唐千叶身后，边走边说，“唐千叶，你觉不觉得……”

“不觉得。”

“不是，我说昨晚我们碰见的那个男人，你不觉得他是凶手吗？”

唐千叶停下来，回头盯着她看了好一会儿：“你没睡醒在梦游吧，小妹妹？”

“因为我看见了他手里拿的断手啊，正常人怎么会拿着一只断手，还在案发现场！”季小觉义正词严。

唐千叶站在洗手台洗了把脸，含混不清地说道：“你说那个蘑菇吧？”

“哈？”

“没事儿多读书，那玩意儿叫什么新娘的鬼手，蘑菇的一种，祝安根挖的。”唐千叶漫不经心地解释着，“其实我俩原本想得挺简单的，校方都说是意外了，我们肯定也找不出什么证据，但又不甘心那群小迷信把我们按在地上摩擦，既然他们信鬼神，我们就想装神弄鬼吓吓他们。吓完了这事儿也就算完了，谁知道半路杀出个程咬金……”

季小觉理解得不甚清晰，大概意思就是那并不是什么地狱鬼手了？

那……

自己刚刚在瞎编什么啊！她赶紧打开论坛，侥幸地想，还没到六点大家应该也没这么早醒吧，只要趁没人注意删掉就行了。

可谁能想得到偏偏这时候有人还没睡！

而且不过半小时，自己刚刚发的帖子一瞬间就发酵了。各种转发和添油加醋，到最后甚至有她都不知道的“实锤”证明这人就是凶手。

“白瞎了这么好看的一张脸了，估计是那女人包养的小白脸，得不到就毁掉之类的。”

“这人要是入狱了，我想当狱警！”

“真的！那个摔断腿的男孩子看见了！”

“在线等一个人肉，带星座血型的那种。”

“完了。”季小觉觉得自己完蛋了。

唐千叶上完厕所出来，瞟了她一眼：“干吗啊，跟被打进冷宫还跟边疆王爷生了个女儿一样的表情，要死不活的。”

季小觉口齿不清地跟唐千叶说了事情的始末。

“也没什么不好……”唐千叶听完之后嘀咕了一句，又一掌拍在季小觉的肩膀上，安慰道，“没事儿，反正又没人知道是你造的谣，怕什么？”

结果怕什么来什么。

季小觉忐忑到天亮，鼓足了勇气，整理好了措辞，打开手机想澄清一下的时候，沈竹言的电话就打过来了。

她这才记起来昨晚的电话她忘了回。可是现在这种时候，她下意识地觉得肯定跟帖子的事脱不了干系。

季小觉接起来，没敢主动吭声。那边有些疑惑：“季小觉？”

“沈……沈老师……”

Chapter.2

开门复动竹，疑是故人来。

1.

沈竹言是季小觉大三的教官。

毕业的时候为了图方便，季小觉选了沈竹言的课题。

当然，还因为沈竹言长得好看，脾气看起来也不错。在一群看起来武力值爆表的教官里面，他绅士又温和。

但是这种人也是最可怕的。就算你知道他表面的温和之下还有另外一种样子，可你永远也没办法撕开这层面具。

季小觉被沈竹言一个电话叫到了教务楼。

“昨天找你本来是为了毕业课题的事，不过今天不是了。”沈竹言今天穿得很正式，深色的衬衣领和脖子处瓷白的皮肤形成强烈的反差，像是乌云里钻出来的月光。

他递了杯水过来：“冷吗？”

季小觉心里已经有了一种不好的预感，她接过杯子，忐忑地道：“沈老师，你有什么就直说吧……”

沈竹言轻轻地笑了一声，走到窗边的打印机前。他按下开关，手指与金属碰撞发出很好听的声音，却不及他嗓音的质感：“知道我为什么找你来？”

季小觉故意摇头。

“是吗？”打印机停下来，沈竹言意味深长地问了句，然后拿着一张纸走过来，“人物速写中用短线条反复涂抹轮廓是一种错误的做法，只有你屡教不改，不过姑且成了你的一个特点。”

沈竹言手里的纸像是一道宣判死刑的圣旨一样，还带着打印机的温热，而纸上的速写被沈竹言办公室的灯光镀上了一层诡异的色彩。

季小觉看了一眼，才发现沈竹言的桌子上有一个小鱼灯，会发出不同颜色的光，微弱得让人几乎注意不到，跟沈竹言这个人整体的格调十分不搭。

季小觉看着那张速写，莫名地就红了脸，她含混不清地解释道：“我昨天刚好去了现场，还看到他了，说不定他是嫌疑人，对不对？”

“你希望我说对？”沈竹言抬眼看着她，有些好笑，“你知道他是谁吗？”

季小觉心里一个咯噔。

“如果我是凶手的话，他会是我最想拉拢的人。”沈竹言停顿了一下，才又说道，“他是警察，也是学校为这次案件特地请过来的痕迹专家，封烬。”

“……”

“你应该知道，这次案子一开始是以意外事故收案，但后来有人举报说在现场看到凶手了，所以重新立案调查。为了尽快解决案件，不影响接下来的校庆，学校请来了封烬，能明白吗？”

季小觉压根没仔细听，有些木讷地点头：“那我是不是……”

“你确实惹了不小的麻烦。”沈竹言嗓音低沉，仿佛不是在说什么严重的事情，“封烬现在成了舆论里的嫌疑人，是局里的麻烦。现场的痕迹都被水冲没了，破案周期被拉长，是学校的麻烦。”

沈竹言的每一个字都像一支箭，如果具象化的话，季小觉现在应该已经成了一只刺猬。

她也不知道事情怎么会变成这样，昨晚的一切到现在都还像是一个梦：“沈老师……”

“嗯？”沈竹言绝对是故意的，他在等季小觉开口求他。

“我会进监狱吗？”季小觉眨巴着眼睛，“诽谤，造谣，言语攻击警察，还影响调查……”

“会吗？”沈竹言不答反问，“或者你觉得会怎样？”

“我觉得您肯定不会见死不救的，对不对？”季小觉眼睛盈亮，满目期待。

“不是我能不能救你，是你自己能不能救自己。”沈竹言看着季小觉，慢悠悠地说道，“季小觉，如果是别人的话确实是死路一条，可你不一样，你是一个聪明的女孩儿。”

季小觉愣了一下，沈竹言所说的聪明，是她过目不忘的本事以及对数字极高的敏感度。这确实是她与生俱来的天赋，但是这个天赋好像也挺鸡肋的。

沈竹言以前出过车祸，不宜久站，他坐下来，敲着桌面道：“现在知道要怎么做了吗？”

“难不成要我把现场出现过多少人的脚印还给他啊……”

“差不多。”沈竹言好整以暇地看着季小觉，“我当然相信你可以，也只有你可以。”

沈竹言和封烬是大学同学，所以才能给季小觉这个机会。

她站在白竹港警局门口，沈竹言说于情于理她都得先来跟封烬道个歉，所以季小觉饭都没顾上吃就找到这里来了。

她忐忑了一下，拨通了沈竹言给的电话号码。

冰凉的待机音和自己的心跳声此起彼伏。她也不知道自己怎么紧张成这样了。

直到那边一个轻快的男声响起来：“喂，你好！”

这声音跟季小觉想得有些不一样，她又确定了一下号码无误：“你好，我是那个……”

“季小叫吧？”

“不是……”季小觉刚想纠正一下，不是睡觉的觉，是觉醒的觉，可是那边迫不及待地说道：“你从正门进来，右手边第三个专用电梯上七楼左拐，第五个走廊右拐，第九个办公室进门，拨打 13976936576，我来接你。”

对方三秒内说完就挂了电话。

季小觉愣了一下。不是因为这一串莫名其妙的考验，而是电话那边的人，不是封烬吧。

季小觉到了之后又打了电话过去。大概是刚刚放松了警惕，她这次语气轻松了许多：“我到了！”

那边沉默了许久，问：“你哪位？”

是跟刚刚完全不同的男声，低沉而富有磁性，音色的质感丝毫没有被电流破坏。

季小觉心里咯噔一下，一时之间有些口吃：“我那个……是季小觉，觉得我人不错的那个觉，是沈竹言老师……”

“有事吗？”

“我是来……”

季小觉慌慌张张，话没说完抬头便看见了封烬。

他站在走廊的尽头，穿着一件黑色的衬衣，袖子挽到了小臂处，右手举着电话，手臂上的脉络清晰可见。

明明才一天，这个人的穿着却像是过了四季。

“有事吗？”封烬又问了一遍。

双耳不同的声道让季小觉后脑勺儿的头皮发麻。她慌忙回神：“啊！那个……我是来给您道歉的。”

封烬挂了电话，目光落在她身上。

那眼神让季小觉觉得，他看过来的时候，目光穿过的不是三两米的走廊，而是一段漫长的时光。

季小觉仿佛听到了某种东西破壳而出的声音，但很快就胎死腹中了。

封烬好笑：“不好意思，我这个人不怎么讲道理，你直接找律师就好。”

哈？

这个时候封烬旁边又钻出一个人，听声音应该就是之前电话里捉弄她的人，看起来明朗阳光，像是大学里每个人都想拥有的那种学长。

他笑着打招呼：“抱歉啊，刚刚跟你开了个玩笑。”接着又说，“我是路久，你叫我九哥就行。”

季小觉现在完全沉浸在封烬那句话带给她的惊恐之中，找律师是什么意思啊，坐牢的意思吗？

“嘿，别怕，我们老大吓你呢。”路久在旁边解释，又说，“我这老大，我们局警花儿，你应该认识吧？”

“路久，你很闲？”封烬打断他。

“我这不是为你着想，提高你的亲和力吗？”路久还委屈呢，他又说，“行行行，我去拿资料，您别急，好好招待人家。”

路久说完朝着季小觉眨了眨眼，然后就消失了。

而季小觉还怯生生地，手足无措地，看着封烬朝自己走过来。

季小觉不明白他要干吗，只是被这气势逼得往后退了两步，然后靠上墙角，直到无路可退。

而封烬停在她面前，忽然伸手，将她困囿于方寸之地。

一瞬之间，狭小的世界里尽是封烬身上海洋香榭的味道。

“封……封……”

“封烬。”封烬开口替她说完，言简意赅道，“我是封烬，有时候不是人，有时候是犯罪嫌疑人。”

说完，他推开了门。

季小觉还贴着墙没反应过来。原来刚刚只是要开门啊，她还以为那什么呢。

季小觉跟脸上浇了辣椒油一样，前调火辣辣，后劲儿有点疼。

而且刚刚那句话……

季小觉看着虚掩的门，这才反应过来，这人该不会是记仇吧？

季小觉想了一会儿发现自己什么都想不出来，脑子里都是那人的眼睛，黑白分明，黑如浓墨，白如汉玉。

2.

季小觉见门没关，就乐天派地觉得封烬并不是赶她走的意思，所以犹豫了一下就推门跟进去了。

这里应该是封烬的办公室，和他人一样，有一种春寒料峭积雪消融的感觉。她站着看了一会儿，小心翼翼地转动着视线。

明明是再普通不过的公务员办公室了，简单质朴，没有昂贵的桌子、精致的摆设，也没有传说中的壁炉，连书架上的资料都是乱七八糟的，卷宗资料更是铺了一桌子，乱，却不染纤尘。

“我们这儿不缺木头桩子，也不缺石像，你要再站那儿，我叫敲墙师傅了。”言外之意就是把你给敲了。封烬说这话的时候头都没抬，手里不知道在翻一些什么资料。

季小觉收回思绪，调整了一下，然后很诚挚地鞠躬，言辞恳切：“封老师，我是真心来给您道歉的，昨晚是我大意又鲁莽，对此我感到万分抱歉！”

“嗯。”

封烬的反应完全不在季小觉预想的范围内，“嗯”是什么意思？

她抬头，封烬刚好弄完手里的东西，抬眼对上她的目光。比起季小觉的慌忙，封烬倒显得更加气定神闲了。

他搁下了手里的事儿，往椅子上一靠，叠起腿一副审判者的姿态，问：“对不起什么，接着说。”

季小觉觉得他这个样子就像是在青楼寻花问柳的富家公子，趾高气扬，一言一行都在策划着怎么把人玩弄于股掌之中。

她心里诽谤了一下，才不走心地说道：“对不起……擅自画您，污蔑您，诽谤您，辱骂您，给您造成诸多不必要的麻烦。”

“还有呢？”

还有什么？季小觉想不起来。

“全错了。”封烬冷冷地扔过来两个字。

“什么？”季小觉没听明白，可是路久进来了。

他见状调侃道：“上政治课呢？搞得人家一副小学生背不出来课文儿的

样子。”

封烬抬了下眼睛瞟了她一眼。

季小觉顺势吸了吸鼻子，挤了下眼睛。

她这个人，没什么别的本事，最擅长的就是卖惨激起别人的同情心。

她本来就长得像一只水蜜桃，稍微眨眨眼睛挤挤眉毛就能弄出一副泫然欲泣的可怜模样。

可是封烬是什么人啊，说不是人完全没问题，他就是那种在你身上插了把刀子，你说疼他还要给你撒点盐的恶魔。

他看都不看季小觉，漫不经心地说：“作为一个判断者不该被主观情感影响思维，你所看到的是面具，也是用来达到目的的道具。”

“你！”

兔子急了也跳墙，封烬这个人怎么这么恶劣呢！

眼看着季小觉就要咬人了，路久赶紧和稀泥，道：“是是是，你说得是。”然后拉住季小觉，“小觉还没吃饭吧，带你去我们食堂吃点东西？”不等季小觉开口，把人给扯出了门。

路久边走边想，封烬今天是不是疯了，怎么奇奇怪怪的。

局里有食堂，单独的一层楼。虽然是饭点，但是人并不多。

季小觉一身便装，跟在路久身后跟个犯罪儿童似的。但是大家看过来问的都是：“哟，女朋友啊？”

路久一副得意扬扬的样子：“怎么样，还行吧。”

季小觉赶紧否认："不是不是，我……"

她急得不知道该怎么说，路久也不逗她了："哪儿能啊，这是我们老大那边儿新来的实习助理，季小觉。"

季小觉松了口气。

她没什么心情吃饭，肯跟路久出来，也是怕自己真的跟封烬吵起来。虽然她没那个胆子。

而且现在心平气和了，倒也没觉得有多气了，她拿着勺子戳着碗里的饭，问路久："你们老大，一直都那么坏吗？"

"他坏吗？"路久愣了一下，觉得好笑，"没有，哪能啊，他这人就是典型的刀子嘴豆腐心，而且健忘，跟他相处的秘诀就是别管他在说什么，反正他过会儿也会忘了自己说了什么。"

"啊？"季小觉没听明白，"他记性不好吗？"

"时不时吧，关于案子上的事情能记得事无巨细，生活上的就一言难尽。"路久一说就停不下来，"每天三个问题是必须会问的，我手机在哪儿，我要去哪儿，我刚说了什么。所以你别看他经常一脸深沉，跟在思考什么天文地理哲学人文的样子，其实他可能只是想不起来自己手机放哪儿了。"

"……"季小觉想象了一下封烬一脸严肃地思考自己手机放哪儿了的样子，没忍住笑了出来，"他有健忘症吗？"

"哪有那么严重，男人上了年纪都有这个情况。我们老大明年就虚岁三十了。"

路久说完又买了份饭回来，季小觉还以为是他自己吃的，结果路久把饭递给了她，顺便交代了封烬的口味和喜好。

一副交代后事的样子，季小觉立马就慌了：“这什么意思？”

“做助理嘛，工作上的事情照顾到是本分，但生活上的事情照顾到是情分。既然来都来了，我老大就交给你照顾了。”

“不是……什么情分本分的啊，关键是，助理是什么意思，不是打发人随口胡诌的吗？”

“啊？”路久还惊讶呢，“沈竹言教授推荐你过来的时候说的就是给我们老大安排了一个助理啊。刚好我最近得出差，老大就答应了，不然你以为他谁都要的啊。”

“也不是。”路久又自我否定了一下，“不然，你以为谁都受得了老大的臭脾气啊。”

沈竹言！

季小觉知道跟路久说也没用，只能硬着头皮接过饭盒，可沉甸甸的，宛如接过了一座山压在肩头。

季小觉没有立马把饭给封烬送过去。

她找了个地方给沈竹言打电话，沈竹言这个时候应该在上课，季小觉没想过他会接。

“喂？”他的声音有一种用嗓过度的沙哑，原本磁性的声音此刻显得更加低沉，每一个发音都像是有小气泡在嗓子里炸开一样。

季小觉忍不住润了润嗓子，刚刚的气势全无，声音柔下来，反而显得有点儿委屈："沈老师？我为什么还要给封烬当助理啊！"

"怎么，他欺负你了？"

季小觉想了想，好像也没有。

只不过怎么说呢，封烬这人太可怕了，冷血动物，面瘫恶魔。

他看着你的时候就像是在看一件待剖品。你永远不知道他会在什么时候拿起解剖刀，然后慢条斯理地划过你的身体，直到停在你最薄弱的地方，突然用力。

后来的季小觉再回想起来这一刻的心情，面对封烬，大概就是人本能的求生欲吧，身体里的每一个细胞都预知到了未来，只有她不知道。

"没事，封烬没那么糟糕。"沈竹言安慰道，"更何况跟着他你能学到很多东西，如果他真欺负你了的话……"

那边停顿了好久，像是在思考什么，然后忽然笑起来："季小觉，我好像还没见过封烬故意欺负人的样子，有机会我去看看他怎么欺负你的，应该很好玩。"

"？"季小觉简直没法儿相信自己的耳朵，"你还是不是我老师？为人师表怎么尽想着让自己学生受欺负啊！"

"那我该怎么做呢？"沈竹言把问题抛给了季小觉。

季小觉仿佛能听到他习惯性地指间敲打桌面的声音。她没想过要沈竹言怎么做。只是这么一问，季小觉忽然觉得自己有点过分依赖沈竹言了。

她刚想说算了，沈竹言却先开了口："放心吧，他欺负你的话我以后替你还回去。"

“……”

他说完又仿佛自言自语：“更何况看在我的面子上他应该也不会做太过分的事情。”

“打狗也得看主人吗？”

“确实是。”沈竹言笑了一声，说，“不过一般人不会这么说自己。这句话还有个稍微好听一点的说法，叫不看僧面看佛面。”

其实在沈竹言说出那句“跟着他你可以学到很多东西”之后，季小觉就妥协了。毕竟当警察是她的梦想，而封烬会是她最好的老师，所以克服一下也不是不行。

季小觉又跟沈竹言说了两句废话才挂了电话。

而她不知道的是，沈竹言并不是刚上完课嗓子哑，是因为开了个语音会议用嗓过度。而语音会议的另一方，就是此刻跟季小觉隔着一扇门的，封烬。

沈竹言放下手机，看着电脑屏幕上的小喇叭，不紧不慢地说道：“抱歉，接了个电话，音频也忘关了。”

那边许久都没声音，沈竹言笑了：“刚好走了吗？”

封烬关了电脑，盯着门看了一会儿。不过三分钟，季小觉推门进来，依旧是走之前的可怜兮兮的样子，完全没有刚刚跟沈竹言抱怨时的气势。看来是用了三分钟回忆了一下自己可怜的人设。

“封老师……”

“沈老师就够了，封老师当不起。”他可是把刚刚的抱怨听得一字不差呢。

季小觉有点蒙，压根儿不知道封烬为什么脾气又恶劣了点儿。她举了举手里的饭盒："你的饭。"

"放那儿吧。"

季小觉犹豫了一下，道："封……那个……刚刚我说我是来道歉的，你说我说错了，因为我还是您的新助理，对吧？"

"所以你觉得不用道歉了？"

"不是。"季小觉完全拿不准封烬的想法，"我就是觉得我得补一句自我介绍，我是季小觉，新来的助理。如果你不喜欢我叫你封老师，那我以后就叫你封队长吧。"

"我不是队长。"

"封警官？"

"担不起。"

"那我叫您什么？"

"我不想回答这种随便都可以的问题。"

"那就跟路久哥一样叫你老大吧？"

封烬蓦地抬眼，看了她好一会儿，才道："不行。"

"……"

"封烬！"季小觉脾气来了，怒吼一声。谁知封烬"嗯"了一声。季小觉还没反应过来，又听他使唤道："桌子上的东西收拾一下。"

于是，这个话题就被这么跳过去了。可这人实在是太别扭了吧，季小觉在心里诽谤了一下。

桌子上是堆叠如山的资料文件，季小觉扫了一眼，大概是近几年白竹港的主要刑事案件。

她不知道封烬要找什么，心想路久说过他记性不怎么好，于是好心想帮忙，问：“你找什么，要不我帮你找吧？”

封烬嫌灰尘太大，这个时候已经换到旁边沙发上了。他叠着腿，活动了一下脖子才说：“我听沈竹言说你记性不错。”

封烬的声音总有一种令人心尖酥麻的感觉，尤其是格外疲惫的时候，发音的时候让人忍不住想去看他喉结滚动的弧度。

“一般般……”她谦虚了一下。

“我看也是。”封烬一点儿都不客气，而且每次讽刺完了还不给人辩驳的机会，立马跳到另外一个话题，“那说一下你对你们学校坠楼案的看法吧。”

季小觉也是容易被带偏的人，立马放下手里的事儿：“就现有的信息，死者是在周三的下午一点半左右从那栋废弃楼五楼掉下去的，原因是木桩松动，现场也确实有脚滑的痕迹，但目击者提供情报，说一点半左右在五楼看见了人影，所以很可能是被人推下去的。”

这些季小觉在来之前做过功课，所以自我感觉还挺好，但是看样子封烬并不这么认为。

“你除记性好之外还有什么优点？”

“啊？”

封烬懒懒地开口，语调像是在念一篇发言稿：“任何一件事都会有亲眼所见也未必为实的可能性，作为刑侦人员更需要再三考究，而且你要相信的是死者而不是目击者。”

季小觉一愣一愣的。

封烬继续说道：“根据插入死者身体的钢筋深度很容易计算出来，人是从四楼坠落的，而且合理坠落的坠落点和实际坠落的不一致，所以是否是意外，疑点成立。”

“……”

“因为是施工地，现场痕迹多且杂，光脚印都有接近一百个，很难确定哪一个是凶手留下的，更何况现在现场的所有脚印还被破坏掉了。”

季小觉觉得现在的自己就像砧板上的鱼肉，封烬拿着精致的陶瓷刀，一刀一刀将她切开，而且每一刀都是要害。

季小觉缓了半天才说：“哦。”

“……”封烬也沉默了一会儿，似乎对她的反应不满意，“就这样？”

“啊？”季小觉回过神，“你都这么羞辱我了，难道还要我说谢谢指导啊！”

羞辱……

封烬问：“你觉得我在羞辱你？”

虽说“羞辱”这个词过分了点儿，但季小觉觉得没差。

“我没有这个意思。”封烬反而一脸无辜，季小觉以为他会道个歉，谁知封烬开口就是，“我对羞辱没什么概念，说的只不过是事实而已，如果你觉得是羞辱的话，那你确实要反思一下自己。”

“……”

为人处世，打不过跑得过，惹不起躲得起，季小觉是这么觉得的，所以她接下来没再说话了。

封烬事情也多，也没闲情挑刺，就是爱使唤人而已。季小觉跑东跑西，搬上拖下，一下午的运动量快赶上过去三个月了。

她终于明白，路久那句“谁能忍受他这种恶劣脾气啊”是什么意思。

虽然封烬这人长得确实赏心悦目，工作起来也十分迷人，但是现在的女孩子谁还要吃爱情的苦啊，怪不得没人愿意当他助理。

小可怜虫，季小觉在心里可劲儿同情了他一番，心里瞬间好受多了。

一直到下午五点的时候，季小觉才得到封烬的一句赦令：“行了，你先回去吧。”

季小觉立马放下手里的文件夹，撒着腿丫子朝着门口走，可刚走到门口就被叫住了。

“季小觉。”这是他第一次叫她的名字。

季小觉愣了一下，在门口站定，然后回头：“干吗？”

封烬站在那里，背后是一片很大的玻璃窗，落日余晖透过玻璃笼罩着他。

季小觉匮乏的词库里想不出什么好的形容词，大概是“绝世而独立，公子世无双”吧。虽然这句诗好像并不是这么背的，但是好恰当。

季小觉忽然觉得没那么累了，甚至有种丰收的喜悦。

当然，封烬是那种不会给人任何甜头的人。他伸出手，你以为他手心的是糖，可吞下去才知道是砒霜。

封烬说：“你还不知道你要跟我道什么歉？”

“啊？”季小觉被问得一愣，大概是触底反弹，被奴役了一天忽然有了反抗精神，“封烬，你就不能大度一点吗，我都给你做牛做马了，你不原谅我也不用还揪着不放吧！”

而且，她恨不得把这一生犯过没犯过的错的歉全给道了。

封烬言简意赅地拒绝：“不好意思，不能。”

不能就不能！谁稀罕！季小觉愤愤地，开门就走。

封烬看着季小觉“嘭”的一声甩上门，不自觉地皱了皱眉。

他在原地站了一会儿，然后打开抽屉，陈旧的木香味扑面而来，带着些经年累月的味道。里面空荡荡的，唯独躺着一个打火机。

银质烫金的表面仿佛是被烧过似的，有些泛黑。

封烬看了好一会儿，收回了想要伸手去拿的冲动，“啪”的一声关上了抽屉。他枕上椅背，揉了揉眉心，在心里警告道，季小觉，你要是不认识我，那我也不认识你了。

3.

季小觉最近几天一有空就会被路久一个电话喊到警局去“服役”。封烬后来虽然没有第一天那么恶劣，但是也好不到哪里去，总是好话说不上三句就得起火了。而且封烬似乎压根儿没把她当女孩子看，不是让她去解剖室看尸体，就是整理案发现场尸体的照片，导致季小觉现在闭上眼睛就是连环杀人的噩梦。

一直到周日的时候，季小觉才有时间去医院看唐千叶。

季小觉其实有点奇怪，唐千叶手伤得确实严重，但也不至于在医院住四天，光是住院费对于唐千叶来说也是个巨大开销了。

季小觉去的时候先问了一下，让唐千叶整理一下医院的单据拿去学校报保险。结果唐千叶拒绝了，电话里说是她外婆住院，自己陪床而已。

可到了医院见到唐千叶的时候，季小觉差点儿吓死。唐千叶这人向来酷她是知道的，却没想到这人酷到剪了自己一贯的齐肩长发，剃了个板寸，再加上最近照顾外婆，好像瘦了点，所以脸部轮廓更加有棱有角。这么一来完全是个白嫩秀气的小哥哥。季小觉差点坠入爱河。

唐千叶一听自己瘦了美滋滋的，而且快被季小觉吹上天了，于是拉着季小觉去医院旁边的商业街："走走走，奶茶搞起！"季小觉都没来得及先去看看她外婆。

两人走了一路，都是唐千叶在嘻嘻哈哈讲医院里遇到的乱七八糟的事情。最后一句"你实习还好吧？"，才打开季小觉的话匣子。

季小觉对封烬真的有很多不满，差不多控诉了快三千个字："封烬这个大头眼子，不就是误会了他吗，我都道歉了。他还总是一副死脸对着我，动不动言语暴力我，就不能面目温和一点，让我好好欣赏一下我看一眼就能画出来的五官吗？"

"封烬就是学校请的痕迹专家？"

"是吧，但是最近也没看他怎么管这个案子，可能心里有数就等着我还原现场了。"

唐千叶拍了拍她的肩，道："辛苦了，兄弟。有什么问题可以找我，我好歹当了二十年的恶势力，最起码能帮你对付一下魔势力。"

她们回来的时候在医院门口看到了祝安根，这人满脸焦急地站在医院门口东张西望，估计是在找唐千叶。季小觉吓得一个机灵：“不会是外婆有急事吧？他看起来要哭了。”

“没事。”唐千叶还拿着奶茶,吸得哧溜作响,“女朋友消失了,能不急吗？”

“哈？”

唐千叶朝着祝安根喊了声，才回头跟一脸震惊的季小觉解释：“正式介绍一下吧，祝安根，我男朋友。”

“不是？”不是说兄弟吗，怎么就搞在一起了？

“你的功劳啊，小兄弟！”唐千叶揉了把季小觉的脸，然后看着祝安根跑来的方向，声音忽然软了下来，“我祖籍无锡，遇见祝安根之前都在那里。”

季小觉三秒钟之后才明白唐千叶的意思。她上次说的贴吧那个故事，确实是祝安根写的，是他和唐千叶的故事。

“可是你不是说你是本地人吗？”

“那是因为……因为我的人生是从遇见他之后才开始的。”唐千叶从来没有这么说过话，季小觉恍然觉得眼前的人都不是她了。

祝安根气喘吁吁地停在两人面前，眼眶是红的，额角还有汗珠：“小糖，你吓死我了。”

“怕什么，我又不会凭空消失。”

“下次不要乱跑了，我每天见不到你的时间不能超过一小时，不然我会生病，相思病。”

……

季小觉自觉往后退了一步，看着油腻至极的两人。

唐千叶知道自己可能有点不像话，尤其是在季小觉这样的单身年数奔三的种子选手面前，但是她也很痛恨自己的堕落：“抱歉，我恨不得觉得我眨个眼他就能知道我要放几秒的屁，爱情太可怕了，我成了爱情的俘虏，已经废了，您见谅。”

祝安根并不这么认为，甚至还能更腻一点儿：“你不是俘虏，是我掠夺的宝物。我一生贫穷，第一次见你这样的宝物，所以忍不住把你带回家。我把你放在我最干净柔软的心上，每天替你擦拭、护理、保养。而你本身只需要知道自己是宝物，在我心上兀自漂亮就行。”

以前唐千叶看见电视上的人说什么肉麻一点儿的话恨不得钻进屏幕里撕烂那一堆矫揉造作的情侣的嘴，可是爱情落到她头上的时候，她居然没有任何不适，还沉浸其中。

唐千叶忍不住捂眼睛：“你再说一遍，我要拿笔记下来，以后教我孙子。”

季小觉张了张嘴，说什么好呢？

后来，她问了唐千叶他们到底是怎么在一起的，唐千叶没正面回答。估计是谈了恋爱就成了诗人，说了一大堆季小觉暂时没法儿明白的话。

唐千叶说：“正常男女，以前天天腻在一起也不是没有过那种感情，不过我以为他没那个意思了就捻熄了自己心中的火苗。现在既然他有那个意思，我就立马熊熊燃烧了。”

你能明白吗，我们这种被生活的琐碎打败的人，从小就没有非什么不可的概念。得不到的就得不到，世间万物，总会有一个替代品。

爱情这种东西更是，有的话固然好，没有的话也不强求。

所以后来在遇到一个人的时候，如果你喜欢我那我也喜欢你，你不喜欢我就在心里喜欢你，但不妨碍我表面上喜欢别人。

季小觉似懂非懂。

唐千叶估计她不懂，索性见色忘义，说：“行了，你快走吧，我要抓紧时间搞对象了！你待会儿肯定看不下去的！”

言外之意就是嫌季小觉电灯泡了。

季小觉能怎么办啊，点头：“哦，那你玩得开心啊！”

“放心吧，搞对象美着呢。”

季小觉站在门口，看那俩人手拉手往医院走去，腻腻歪歪的样子就像是走向教堂一样。不过她承认，这一刻她忽然有点儿想谈恋爱了。

然后，她就看见了封烬，兴致丢了一半，因为这一半是理智。

封烬是来医院见目击证人的，对方缓了这么几天对于当时的恐惧也减轻了许多，所以他试图从对方的行为以及反应中分析出些什么，可是测试了一下，只是徒劳。

而且另外一个更关键的目击证人就这么找不到了，据说是当时在树下看到了人影的那个女生。

他分析得正出神，走到医院大门口就看见了季小觉和另外两个人，于是思绪一下子就断了。

季小觉其实是很打眼的一个人。因为人群中的每个人都有自己的目的和方向，只有她永远是一副无处可去的样子。

还有她最初看向你的眼神，无辜又胆怯。

封烬其实不确定是不是所有人都这样，能在人群中一眼看到她。但是他这个时候还没有意识到，这是他第一次在思索案子的过程中戛然而止。

另外两人走后，季小觉一个人在原地站了会儿，跟封烬面对面不过十米的距离，封烬大概等了半分钟，季小觉才注意到她。

他看她眨了眨眼，目光慢慢有了焦距，眼神从困惑到震惊，身体由松懈到紧绷，意图很明显了。

“跑一步试试。”封烬说。

季小觉的应激反应让她立马开始虚与委蛇：“哎呀，我说谁呢，原来是我们封先生啊，让我看看怎么有空来这里了呢？”

“好好说话。”封烬不悦。季小觉立马站好，一个头三个大：“老大，你怎么在这里？”

封烬不记得自己什么时候同意她叫自己老大了。不过他已经三十个小时没睡觉了，暂时没心情扣这些字眼。

“现在很闲？”

季小觉想说不闲，但是不敢。

而且封烬也并不是询问她的样子，他径直走过来，将车钥匙丢给季小觉：“跟我去一下你们学校。”

“啊？”

季小觉压根儿拒绝不了，看了会儿手里的钥匙，然后小跑着跟上封烬。

谁知封烬走了两步又停了下来。季小觉差点儿撞上他：“老大你干吗……”

封烬沉默片刻，拧着眉头，严肃的样子让季小觉以为他下一秒就会说出凶手是谁。可他只说：“我不记得我车停哪里了。”

季小觉想起路久的话，算是彻底见识了一次，于是问：“车牌号多少啊，我去停车场看看。”

封烬的眉头皱得更深了：“不记得。”

4.

季小觉后来是走遍了医院地下两层停车场才找到封烬的车子。

而且，她坐上驾驶座才记起来坦白：“老大，我那个……”

季小觉半天也没说出来，封烬替她补充了：“你癫痫？”

季小觉确实抖得厉害，擦了一下手心的汗，问：“不是，老大，你怕死吗？”

“……”

“其实我上个月才拿到的驾照，还没上过路。”科三三次才过，她还没敢说。

“开吧。”封烬居然完全不在意，靠在副驾驶闭目养神，“我睡会儿。”

她都不敢想封烬究竟对自己长命百岁有信心，还是对她有信心。她一路开得战战兢兢，一段路走得像蜗牛爬墙，下一段路又宛如猛虎下山，还有那种蛇行千里的九曲回肠。总之，康庄大道被她走得跌宕起伏。

一直开到学校门口人行道的红绿灯，季小觉才稍微松了口气。她瞟了封烬一眼，见他确实睡得很沉的样子，就放开胆子打量这个人。

封烬皮肤很白，衬得眼睛下一圈很深的乌青色格外显眼。睡觉的时候还会把眉头皱得老高，嘴唇颜色很淡，下颌骨的角度是……

季小觉伸出拇指和食指比画了一下。

“走了。”封烬忽然说话，吓了季小觉一跳。原来绿灯早亮了，季小觉慌忙发动车子，问道：“你不是睡着了吗？闭着眼睛也知道啊。”

封烬睁开眼，无语道：“我还有耳朵。”

“哦。”季小觉这才反应过来，刚刚耳边呼啸的不仅仅是自己的心跳，还有身后响起的鸣笛。

平时一个小时的路程季小觉走了两个小时，但是安全第一嘛。车子稳稳地停在香樟路尽头废弃楼旁的时候，季小觉觉得自己仿佛拿到了 F1 总冠军。

但这种站在神坛上的感觉立马被封烬扯到地下室了，他解开安全带，下车之前漫不经心地评价了一句：“我不知道从医院到你们学校还有条没开发的山路可以走。”

季小觉觉得封烬其实从一开始就是知道作案手法的，只是暂时没有办法确定嫌疑人。

等季小觉整理好记忆里的 108 个脚印，放在封烬面前的时候，就是封烬锁定嫌疑人的时刻了，所以根本不是什么难事。

可她想不明白封烬为什么要来这里。

季小觉小跑着跟在封烬后面。他并没有先去现场，而是顺着香樟路往回走，停在了一棵断树下。

她大概能猜到这是当时目击证人站的地方。

季小觉抬头看了眼，回头发现封烬在看她。

他站在离她两三米的地方，身姿挺拔，深色西装一丝不苟，发丝却被风吹得有些乱，眸色浓黑，看过来的时候像是跨过了千山万水。

季小觉忽然觉得风里带着一丝说不明的香气，于是整个气氛都变得有些奇怪了。

季小觉红着脸别开视线，戳着树皮，一脸娇羞："你有话就说嘛，这么看着我干吗呀……"

说完连自己都吓了一跳，这什么语气啊，嗲不嗲？

就更别说封烬了。

他是那种对于自己能力自视甚高，却对自己的魅力没有一点儿自知之明的男人。所以，他根本不会知道自己站在那里目光深沉地看一个女孩子的时候，会给对方什么样的遐想。

封烬理所当然地以为季小觉抽风，就没管，说："沈竹言说你身手不错。"

"哈？"季小觉不明白封烬的意思。但是沈竹言说的应该是她在杂技团待过，季小觉问，"干吗，你现在要看杂耍吗？"

对于封烬来说，世界十大未解之谜之一绝对有季小觉每天都在想什么这一点。

他实在无奈，指了指树："爬树对你来说不难吧。"

啊？季小觉抬头看了眼，四米高的树，就算她身手不错，也没道理不顾形象地在人前爬树啊。

她看着封烬，有些生气，不过是气自己。怎么会这么天真动不动就拜倒在封烬的裤腿下啊？

于是，她有些哀怨地问：“老大，你是不是没把我当女孩子看啊？”

“女孩子跟爬树有什么冲突的地方吗？”

当然有了！人家唐千叶那么莽的女孩儿现在都被当宝贝捧在手心了，连系个鞋带都不用自己弯腰，她居然还要替人爬树！

“那你以后会让你的女朋友爬树吗？”

封烬被问得愣了一下，皱眉答到：“我没女朋友。”

“总会有的，那个时候你会让她爬树吗？”季小觉觉得自己有些咄咄逼人。不过封烬很擅长打太极：“我不习惯做猜测。”

嘁，季小觉在心里哧了一声，但面上也只能老实撸起袖子。封烬还在下面指挥：“那天的男生身高175。”

“我知道，”季小觉语气不怎么好，“断枝处两米一，所以加上身高我也应该站在三米八五的地方。”

她一边嘀嘀咕咕，一边找到合适的高度，只不过那根树枝也太细了吧，不会被踩断吗？季小觉的身体扒在树干上，伸了伸脚，有些胆怯。

“老大，那我要掉下来了，你会接住我吗？”

“不会。”封烬继续一副事不关己的样子，“伸手接高中坠物手会断。”

“……那我摔死了怎么办？”

“算工伤，还能赔一笔钱。”

“那你记得把钱给我装进棺材里啊，谢谢了。”

季小觉这辈子的气都在封烬这里受了，她委屈巴巴的，心里一边策划着以后怎么报复封烬，一边顺着当时那个男生的视线望过去。

路边的建筑和葳蕤的枝叶遮挡了一半的视线。季小觉根本没办法看到那栋建筑二楼及以上的位置，倒是能看到地上的一堆钢筋。

那他其实并没有看到人是怎样掉下来的。

说不定他就看到了插在钢筋上的尸体而已，也就是人有可能早死了，而且在法医鉴定的死亡时间范围内。

可是，他不是说，看见人从五楼掉了下来吗？季小觉看着树干的断裂处，上面有一些彩色的痕迹，不知道是什么磨出来的，但是她并没有在意。

封烬蹲在地上，不知道在拨弄什么，好像早就知道了这个结果，缓缓开口：“任何行为都具有两面性，撒谎如果是为了掩盖真相的话，也验证了假象的存在。”

他抬头，说道：“下来吧。”

季小觉没听明白，但想明白了一件事儿，质问道：“封烬！你知道结果为什么还要我爬树？”

封烬站起来，手里多了一个装着一片叶子的塑封袋，话说得漫不经心：“希望你能锻炼一下身体。”

季小觉恨不得拿自己砸死他。

两人后来又去了一趟那栋废弃楼。

周围已经拿隔离带围了起来，但现场已经没了，完全是亡羊补牢的做法。

封烬像是知道季小觉在想什么似的，说：“别多想，围起来只是为了给你确定一个工作区域。”

“什么工作区域？”

“不然你还有别的现场？”

季小觉明白了，所以什么亡羊补牢啊，她以为她是狼，结果发现自己是补牢的木匠。她问：“你该不会是想我趴在这里跟还原遗址一样把那天的现场还原给你吧！”

封烬不置可否。

季小觉跟在他后面去了四楼。怎么说呢？沈竹言说得没有错，本来很简单的一件事情，因为季小觉把证据给弄没了，就像是旅行家没了地图一样。

但是她还是有点不明白：“既然人是从四楼掉下来的，为什么他们都说是五楼啊？”

“死者生前喜欢坐在五楼抽烟，失足掉下来是他们听说这个消息之后的第一反应。”封烬一边拨弄墙上的灰尘，一边说，“那天你们走后我去看过现场，地上有打斗的痕迹，但不排除是工人之间的打闹，而且五楼的木桩确实松动了。”

“那四楼有什么？”季小觉四处看了一圈，那天晚上的记忆在脑海里更像是一些碎片，她能记得有多少人的脚印，却暂时没理清该在哪个位置。

封烬看着她，说道：“这难道不应该是我问你？”

季小觉心虚。

好在封烬没继续说了，他去了五楼。季小觉犹豫了一下，正准备跟上去却接到了唐千叶的电话。

唐千叶估计是良心发现，谈恋爱的间隙抽空关心一下小姐妹，一听她跟封烬在一起八卦之魂立马熊熊燃烧："怎样？他没那个你吧！"

季小觉人单纯，理解的就是欺没欺负的意思，于是立马开始吐槽："不是我说封烬有什么了不起的啊，看不起我还让我爬树，看杂技也得收费好吧！"

"封大头怎么这样儿啊，是不是想死？"

唐千叶不管三七二十一在电话那边骂了三百字。

朋友大概就是这样吧，不管谁对谁错，只要是朋友的敌人，跟着一起骂就对了！

但是最后是季小觉先叛变了，她反应了一会儿，问道："封大头是谁？"

"不是你说大头眼子吗？"

季小觉回忆了一下，自己好像确实说过，但估计自己当时也是气急攻心，现在觉得有些对不起封烬了，就解释道："其实他头不大……"

"我当然知道啊！我看过照片，要他是封大头，你不就是季巨头了，哈哈哈！"

"……"

"那你们发现什么了没？"唐千叶笑完了忽然问了句。

"没有。"季小觉有些失落，"关键就是最重要的四楼的痕迹被我弄坏了，所以我必须尽快还原出来，要不我还不知道得跟封烬待多少天。"

唐千叶觉得季小觉神经病，吐槽道：“你怎么这么排斥帅哥，封烬那张脸我看了都动心，你还稳如泰山？”

“我才不会喜欢这样的人！”季小觉十分肯定，有种宣誓的感觉，“他不就张面皮能看吗？脾气又差嘴巴又毒要求还巨多，等我做完了现场还原，我一定要写一篇三千字的批评文批评他！”

话音刚落，封烬的身影出现在楼梯口。

季小觉一紧张电话都没来得及主动挂，是掉地上给砸挂断的。她蹲下去捡手机的时候脑袋又磕上墙壁。

“电话打完了？”封烬一点儿都不会关心人。

季小觉咬牙，笑得极其谄媚：“哎哟老大！那个你，我……你走路怎么没声音啊……”

“是你打电话声音太大。”

季小觉心里一个咯噔，迟疑地问道：“你听见啦……”

封烬就这么看着她，一直看到季小觉心里发毛，她才主动躲开视线，现场瞎编：“不是这样的，我跟我同学一起骂沈竹言呢，沈竹言这人太苛刻了，不让我论文过，我心里早想骂他了……”

“是吗？”封烬不慌不忙，不知道什么时候拿出的手机，又放了回去，“录下来了，有机会和沈竹言一起听一下。”

“？”季小觉震惊，“封烬！”

“你说。”封烬不慌不忙。

可季小觉咬牙切齿了半天，压根儿不知道从哪一句开始反抗。

“不说我说了？”封烬等了一会儿，毫不客气道，“楼上我做了几处记号，你去我车上拿相机，取证后去警局把东西交给路久。”

季小觉应了声。

封烬见她不动，又问：“还有事儿吗？”

“老大……”季小觉深呼好几口气才做到心平气和，忍气吞声道，“老大，对不起，我错了，您能不能别告诉沈竹言，我不想他误会……”

封烬有些意外的样子，她没想到季小觉会因为沈竹言道歉。

“你在意？”

“也不是。”季小觉坦白道，“因为……其实吧，我也没骂他啊，我骂的是你。反正我都惹你生气了，你气多气少都是气，沈竹言就不打扰他了。”

季小觉说着，仿佛看见封烬的脸色正在逐渐变黑，于是，她赶紧弥补道：“不过，老大，您也别太生气了，俗话讲打是亲骂是爱，我喜欢您才骂您的。当然我这种喜欢跟路久喜欢您那种喜欢是一样的，什么猫猫狗狗的啊我也喜欢，您别误会了。如果您非要怪我的话……反正我觉得您的记仇本上已经写满了我的名字了，我不介意多一条罪状。最多不过多给您奴役几天，您看呢？”

“如果我非要怪你的话倒显得我不大度了，是吗？”封烬忽然说道。

季小觉看着他，还有些怵：“怎么会呢，您可是宰相肚里能撑船！”

“不是船。”封烬说，“是生死簿，记仇的。”

季小觉愣了一下，她还真会给自己挖坑跳。但是她觉得封烬现在一脸严肃生气的样子，好像有点儿可爱啊！

季小觉被自己这个想法吓了一跳，赶紧扯开话题：“那个，老大，没什么事了我现在，我就先去做事情了。”封烬没说话，看着季小觉兔子一样跑掉的背影。

他收回视线，眼底讳莫如深。

季小觉回来之后封烬已经不在了，她上上下下喊了一圈老大都没人理，结果楼下传来车子发动的声音。

封烬什么时候下楼的？而且他就这么走了吗？

季小觉不敢太靠近阳台，只能隔着一步的距离，看着封烬连同车子一起消失在香樟路上。

该不会自己刚刚说的那些乱七八糟的话真惹到封烬了吧。季小觉揉着脑袋，自己在干吗啊？为什么跟封烬在一起的时候脑子里就总是乱七八糟的！

不过转念一想，封烬记性这么差，肯定明天就忘了吧！季小觉在心里默默祈祷，高考查分前都没这么虔诚。

后来只剩季小觉一人在案发现场，她快速地把封烬说的几处痕迹拍了一遍。她不得不承认封烬的观察力真的细致得令人发指。

偌大一块地上的三粒土都被他看出来了，还有一些脚印和烟蒂。

她拍完之后自己浏览了一遍，不小心翻到了之前的照片。

好像是那天晚上拍的，里面有一张是封烬站在月光下的侧影，半明半暗的光影，更好地凸显了他精致的面部轮廓。

这是谁拍的？路久吗？季小觉心里有一种很奇怪的感觉。

去局里的路上，季小觉又仔细地看了遍照片，毕竟待会儿就要把相机还回去，为了能好好研究她用手机又拍了一遍，包括那张来路不明的，封烬的照片。

季小觉拍完把手机收起来，竟然有种做贼心虚的感觉。

第二天，季小觉从宿舍出来去警局的路上接到了唐千叶的电话，让她帮忙把桌上的黄色信封送到宿舍门口，祝安根会过来拿。所以季小觉中途又折了回去。上次泼上去的药渍已经干了，信封皱巴巴的一小块，黄色的纸上染上了一点儿乌青色。

她无意识地掂量了一下，大概一万块钱的样子。

祝安根恰好到了宿舍门口。季小觉看着他，有些怀疑这人是不是天生兔子体质，不管什么时候见到他，眼圈总是红的。

她不免有些担心，问道："是外婆有什么事情吗？"

"没事。"祝安根接过钱，不欲多说的样子，"她让你不要担心。"又问，"你是要出去吗？"

"去警局。"

祝安根"嗯"了一声，没再多说什么，骑着唐千叶的小电动车就走了。

季小觉在原地站了会儿，想给唐千叶打电话问问，反倒接到了路久的电话。路久催她去局里。于是给唐千叶打电话的事儿一忙就忘了。

季小觉火急火燎地赶过去，可封烬今天没来。

路久现在被调到了另外一个专案组，说是封烬让他过来交代季小觉事情的。那封烬为什么不自己跟她说？

季小觉忍不住问："老大呢？"

“他刚出去，你们没碰到？”

季小觉摇头，情绪低了一大半：“他都不肯自己告诉我事情的……”

路久也奇怪，问道：“你惹他生气啦？”

季小觉没说话，路久明白了一大半，说道：“估计他是没存你手机号吧，他自己从来不主动存人电话，手机里躺一大堆数字，估计不知道哪个是你，所以才找我来的。”

“是……吗？”季小觉觉得自己有点儿起死回生。

“对了。这是老大办公室里的钥匙，他说桌上有份表格，他需要的信息都在表上列了，你待会儿去现场作业还原了之后直接填上就成，别的不相干的不用管。”

“嗯。”季小觉应了声。

刚好跟路久同一段路，于是，她随口问了句：“封烬的职位在局里不差吧，为什么每次都要自己到处跑，还让我这样的人来当临时助理？”

路久边走边说：“其实挺复杂的，老大之前因为犯了事儿被撤职，这次协助调查也是以沈竹言的名义，相当于做了沈竹言的幕后帮手，为什么会这么做，我也不太清楚。至于你……”

他看着季小觉，以为季小觉是因为案子的事情太有压力，于是拍了拍她的肩，笑着道：“其实你也就是沈竹言安排过来的口头上的助理啦，压力不用太大。”

哈？

季小觉有些反应不过来。也就是不管是封烬还是季小觉，其实都是没有实权和恰当身份来处理这个案子的。

可是她现在比较在意的是封烬犯了什么事儿？她想问来着，可是路久现在肯定不会告诉她。

于是，季小觉又开始满腹心事了。

封烬的办公室这一次看上去比上次空了许多，大概是因为主人不在的关系。可是空气里的每个因子又无一不透着封烬的影子。

书架前堆着一堆资料还没来得及收拾完，旁边的圆形高桌上放着半杯水，应该是没有动过的。墙角的绿植生机勃勃，季小觉不知道是什么树。

她走过去看了眼，花盆里的土壤有些干燥，变成一粒一粒的了。于是，她把桌上的水给倒了进去，做完才觉得自己有些多管闲事。

她掏出手机给封烬发了个短信，然后才记起来自己是来拿表格的。

季小觉走到办公桌边，桌子上很空，除一些上面发的公用物品之外没有任何私人物品。可她绕过来，却看见了一只打火机。

银白色，在落日余晖下被镀上了一层暖黄色的光，显得流光溢彩。

季小觉就这么顿住了。她怔怔地看着那只打火机，连呼吸都忘记了。整个人仿佛瞬间陷入了某种黑洞里一般，不动，也不挣扎。

许久，季小觉忽然踉跄了一下，她撑住桌角，像是沉入水底的人终于浮出了水面一般，她这才大口喘息。

可她已经不敢再去看那只打火机了。

仅仅是一只与梦里一样的打火机而已，可对于此刻的季小觉来说，却是一只能吃人的猛兽。

她深呼一口气，拿起旁边的表格。

出门的时候，她撞到路久，对不起都来不及说就冲出了警局。

路久并不知道发生了什么。他刚准备来传达一下封烬让季小觉待会儿先去学校教务处找他的事情，可刚开门就看见季小觉猛地冲了出来，叫半天不应就算了，打电话也没接。

路久立马给封烬打了个电话，可那边应该又在忙。他手上也有事，分身乏术。最后，路久只能找了个小警务过来，让他跟着季小觉。

等路久忙完再记起来这件事的时候，已经晚上六点半了。

他安排的小警务在休息室睡觉，路久晃醒他："让你跟的人呢？"

对方梦还没醒："我跟丢了……"

"跟丢了？"路久一把抓住他的领子，"跟丢了，你不会早点儿跟我说啊？"

大概是那个时候，季小觉的样子看起来太反常了，所以路久也没想到自己会发这么大的脾气。

"算了。"骂人也没用，只能祈祷季小觉没什么事儿才好。路久出来，这回才打通封烬的电话。

封烬正和沈竹言一起在见校领导，校方的意思很明显，他们并不愿意这件事一直拖下去，甚至觉得草草结案也没什么不好。

封烬全程没怎么说话，一副事不关已的样子玩手机。最后也是沈竹言先跟他们应了下来。

领导们走后，沈竹言有些头疼地揉了揉眼角。

他递给封烬一张纸，说道：“这是你要的死者信息。”

封烬接过来，上面写着死者的基本信息，没什么有用的地方。

沈竹言又补充了几句：“她以前的职业确实不怎么光彩，是酒吧的陪酒女，混迹于不同的男人之间，没有结婚，却有一个养女。”

沈竹言见封烬没有要说话的意思便继续说：“据说她对自己的养女很不好，将在男人那里受的气全撒在养女身上。虐童是有的，至于其他更肮脏的事情有没有发生我不知道。不过后来养女长大了，情况好像稍微好了点儿。她本人也收敛了许多，托了关系进了学校施工队给工人做饭……”

封烬靠在椅背上，环着手自始至终都很安静地听着，最后才问：“养女现在呢？”

“以前在我们学校，后来辍学了，原因不明，下落不明，现在还在调查。不过……”他停了一下才说，“死者一年前买了意外保险，而受益人是她的养女。”

沈竹言试图从封烬的表情里看出什么，可是很徒劳，只好又接着说：“你不觉得奇怪吗？”

封烬摩挲着下巴，理解了沈竹言的意思，但他并不想在这件案子上停留太久，说：“先找到养女再说吧，或许是自杀骗保也说不定。”

“嗯。”沈竹言应了一声，想起什么来似的，递给封烬一张纸，是养女的一些信息，之后站起来走到了窗边，说，“以前觉得大部分人都是平凡而普通的，不管是家庭还是生活。后来当了老师才发现遇到的学生大部分都很可怜。”

封烬没听，他打开手机，快速地输了几个字进去——“查一下这个人。”

消息回复得很快，可是发过来的资料也让封烬有些意外。

思绪回来的时候，沈竹言刚好说到季小觉，也有可能是听到季小觉三个字才回过神来。

封烬自己并没有意识，只是听沈竹言说：“甚至连季小觉都是孤儿，据说是从……”

沈竹言忽然回过头来，问：“你知道十五年前乌村查封一家非法教育机构的案子吧，打着教育的旗号虐待儿童，甚至出了人命。后来查封的时候就只剩下十几个小孩子了。好像是叫什么……”

“乌羽塔。”封烬淡然地说道。

“对。”沈竹言看着他，“季小觉就是从那儿出来的。”

路久的电话就是这个时候打进来的。

封烬看了一眼才接起来，他简单地“嗯”了几句，然后挂了电话。季小觉的身世都没有让他表情有什么变化，这么一个电话却暴露了他所有的情绪——前所未有的不冷静。

沈竹言低头笑了一声。他看了眼手表，说：“六点半了，我还有课，有什么事的话……”

“再说吧……”封烬打断他，拿起凳子上的外套，冲了出去。

关门的灰尘扬起来，沈竹言的指间轻轻敲着桌子，脸上的表情隐在阴影里，不甚清晰。

封烬确实是不记得季小觉的手机号是哪一个。

他胡乱地翻着手机，这才看到季小觉发过来的一条短信，仿佛季小觉就站在他面前说话，语气是故作可怜的狡黠——“老大，我救了你办公室的那棵树一命，你就原谅我，好不好？”

封烬顺着这个号码打过去，那边关机。

他承认，那只打火机是他故意留下来的，那是过去投递给现在的信物，他不想等到季小觉自己慢慢想起来那些事情。

太慢了。他只不过是想提醒一下。

却没有想到，季小觉对那段记忆的排斥比他想象中的要严重很多。也许她会为了逃避，将记忆里没那么残忍的一部分一同剜去。

比如说和她一起在乌羽塔待过的他。

Chapter.3

上言长相思，下言久别离。

1.

季小觉从警局出来之后并没有走远。

她在门口的花园里坐了好一会儿，想着给谁打电话说说话，可打了一圈都没人接，反倒是把电给折腾完了。最后她只来得及给唐千叶发了条短信，晚上我来找你吃火锅，好不好？刚发出去，手机就关机了。她这才记起来自己还有还原现场的事情要做，于是直接打车去了学校。

到学校的时候才下午三点。

香樟路上本来就荒凉，出事之后更是没什么人了。季小觉一路走过来像是走在另外一个世界。她后来才知道封烬那天也不全是让她表演爬树，确实是为了视野的证据，至少证明目击者的证词是有疑点的。

季小觉背着乱七八糟的东西上了四楼，脚下踩着木楼梯咯吱作响。

她差不多花了一个下午的时间，来还原记忆里的现场痕迹，包括五楼现场一连串的脚印，还有一些人挣扎过的痕迹。

等到忙完，天已经快黑了。

她站起来，擦了下额角的汗。

顺着地上那些若有似无的痕迹，季小觉先去了五楼。

她仿佛能看见死者死之前坐在阳台边上，一根一根不间断地抽着烟，地上堆满的烟灰，后来被风吹散，只留下一两粒细尘一样的微粒粘着在地上。

然后嫌疑人就出现了，从脚印看是一个男人，身高体重季小觉不能确定，只能看出他缓慢而镇定的步伐，停在死者背后。他大概想过把她推下去。可是事实上，他并没有这么做。中间发生了什么，说了什么，季小觉不知道，她只能看到接下来嫌疑人把人按在了地上。

尸检报告上说死者脖子有掐痕，但是并不深，不致死，其他的也只有指缝里的沙砾。

后来发生什么季小觉也不知道，死者挣开了钳制，踉跄着步子逃走，也不算逃走。她来到了四楼，走到阳台边缘，然后掉了下去。现在能还原出来的四楼的相关痕迹，包括四组脚印，还有阳台边缘的抓痕。

也就是当时死者掉下去的时候，是抓住了这里的。如果是后来体力不支，那么应该是滑了下去，会有划痕。

但是现在只有抓着的指痕，所以要么是被人掰开手指，要么是她自己松开了手。

季小觉暂时只能想到这么多。

不过……季小觉目光呆呆地看着地上原本被水冲掉，现在自己又画回来的脚印，有种其实并没有什么多大作用的感觉。

可是季小觉看到了另外一道痕迹。

靠近阳台的地面有两处凹痕，一深一浅，其实很不明显。但是因为深的地方蓄的水要多一些，所以水未干的颜色也比周围要深一点。

从凹陷的范围和弧度来看，好像是什么圆形的东西砸下来的，季小觉现在还没法确定。于是，她拍了照片，整理了数据填到了封烬的表格上。

站起来的时候有一瞬间的眩晕，可就是这么一瞬间的眩晕，季小觉忽然想起什么来。

那天晚上她在这里，同样的位置摔倒过。季小觉看着地面上稍浅的那道凹痕，忽然觉得有些无法呼吸。

等她反应过来的时候已经晚了。

空气里隐隐弥漫着一股奇怪的味道，细细的流水声像行走的蛇一样。季小觉站起来，看着从天花板上渗出的液体。是汽油！不过几秒钟的时间，火已经烧起来了。季小觉慌忙跑到楼梯口，那是唯一的通道，可是被堵了。厚厚的木板堆起来,上面也浇了汽油,楼上随便一个火星子掉下来就是轰的一声。

火光像一个狰狞的怪物一样朝季小觉扑过来。季小觉往后退了两步，隐约看见外面楼梯上仓皇而逃的人影。

“站住！”季小觉下意识地叫住他。

那身影顿了一下，回过头来的时候，一根被火烧着的木柱子掉了下来，巨大的浓烟呛得季小觉睁不开眼。

季小觉手忙脚乱地扑打着溅到自己身上的火星子，隐约听到外面有翻木板的声音。是来救她的吗?

可是……

这种形势下季小觉根本没有办法细想，浓烟太大了，她踉跄着站起来，想去阳台那边，可是走了没两步便被倒下来的建筑拦住了去路。

她整个人被巨大的冲击力和热气掀倒在地，手臂也因为下意识地护住自己而被砸到了，火辣辣的。

季小觉趴在地上。

又一次觉得自己要死了。

上一次大概是十五年前。

她想从那个地方逃走，但是被抓了回去。

想要逃走的小孩子都是不乖的孩子，是会受到惩罚的。于是，她被扔进了一个集装箱里，像一个铁盒子一样的地方。

老师说那里是淘气屋。铁锈的味道混着腐烂的腥臭是她有关那里唯一的记忆。因为太黑了，睁眼闭眼别无二致，她什么都看不见。

后来不知道过了多久，久到她以为自己死了的时候，头顶出现了一小圈光亮，像是月亮一样，又像是外星飞船降落时照在地上的那道光圈。

他们说死掉的人会被 UFO 带到星星上去，她以为是来接她的。

于是，季小觉拼尽全力站起来，她站在光的正中央，伸着手，跳起来，说："我在这里！我在这里！"

可是砸在她头上的，是一只老鼠。它掉在她的脚边，抽搐了两下，忽然又动了起来。

季小觉僵硬地抬起头，更多的虫子小蛇掉了下来。它们盘踞在她脚下，伴着头顶猖狂的笑声。季小觉尖叫一声，躲进了箱子的角落。

冰凉的铁壁甚至比她的身体还要暖和一点，她紧紧捂住自己的耳朵，可还是能听到他们的声音，难掩兴奋："今天呢，我们要做的是一道药酒，刚刚我们放了老鼠和蛇，接下来要加的是癞蛤蟆、蜈蚣……"

"最后这些做好了，要加什么呢？"

旁边的人起哄："酒！"

"聪明！"

然后仿佛下了一场雨一般，汽油的味道扑面而来。

季小觉的声音已经哑了，她没有声音了，只能呆呆地看着那道光所照射出的东西。那是此后，纠缠在她每一个噩梦里挥之不去的场景。

后来发生了什么，她已经记不清了。

只记得门被撞开，有一双腿走到她身边，蹲下来。她看见他骨骼分明的手，和游走在指间的打火机。他按动着扳机，一簇火苗在她眼里绽开。

最后，她被抱了出去，在安全的地方，看他将手里的打火机朝着淘气屋扔了过去，然后嘭的一声，她的噩梦被点燃了。

可是现在的季小觉有一种从来都没有从那个噩梦里走出来的感觉。眼前的火焰与那个时候的大火重叠，她有些分不清现实和幻觉。

所以，是有人在喊“季小觉”，还是闻讯而来的死神。

季小觉张了张嘴，想说我在这里，可是发不出任何声音。

封烬从沈竹言那里出来之后，几乎一刻不停地往这边赶过来。

即便那个时候他还不知道发生了火灾。一直到走到香樟路口的时候，沈竹言才打电话过来，说刚接到消息，案发现场的那栋废弃楼被人恶意纵火烧了。

有几秒，封烬觉得眼前黑了一片。

“消防最快多久到？”他努力使自己镇定下来，说，“里面有人。”

“季小觉？”沈竹言脱口而出。

他握着方向盘的手骨节越发突出：“是。”

封烬挂了电话，三千米的路仿佛开了一个世纪。

他从车上下来的时候，视线中一个人影一闪而过。他当然与这场火脱不了干系，或者与这个案子也有什么关系。

但是封烬第一次，在真相面前，选择了另外一条路。

他迈着步子，电话还没挂，沈竹言说：“消防马上就会到，你最好不要一个人进去。里面的情况……”里面的情况是未知，但是季小觉在里面。

封烬挂了电话，毫不犹豫地走向那栋楼。门口放着一些施工用的水，封烬脱了外套，浸湿了之后缠在胳膊上。

火势主要集中在四楼和五楼，而封烬可以肯定季小觉在四楼。

他一路没有任何停顿地上了四楼。楼梯口已经被堵死，封烬一块一块掀开堆在楼梯口的木板。

他不记得当时自己被淹没在火海时的感觉，只记得看到季小觉的那一刻，心头发紧地疼。

她蜷缩在墙角，像是一只受伤的动物一样。他差点儿就没有看到她。

封烬来不及撤开下面的火板，直接踩上去，踏火而来的一瞬间，季小觉旁边靠在墙上的水泥板眼看着就要倒下来。

“季小觉！”

封烬不敢想如果他晚来一秒会怎样。他几乎是扑过去的，抱起季小觉翻滚着躲开。这么一刻，他仿佛找不到自己的心跳了。

一直到感知到季小觉的心跳贴着他的胸口跳动起来，她的声音才让他回过神来。

“老……老大……”

“好了，没事了。”

封烬的手按着她的后脑勺儿，让季小觉一下子就哭了出来。季小觉趴在他身上，紧紧抓着他胸口的衣服：“封烬……”

“在，我在这里。”

“我以为，我差点儿……又死了。”

“不会的。”封烬扶着她坐起来，粗粝的指腹摩挲着她眼角的泪，“季小觉，我来了，我带你出去。”

季小觉在这一刻，不信神不信命，她唯独相信的，是封烬。

她用了所有的力气，点头。

来的路已经被烧毁了一大半，抱着季小觉再冲回去是不可能的。所以现在只有在阳台那边才是最安全的。封烬看了一眼，抱起季小觉，像是披荆斩棘的骑士。她张了张嘴，真的已经发不出声音了。可是她还是很想问，如果这不是梦，你是不是特地来救我的？如果这不是梦，你还记不记得我？

最后只剩很久很久以前的声音，穿过岁月的洪流，停在这里。

一个小女孩儿红着眼睛，指甲在手心掐出了血，她趴在地上，看着那道被镀上一层火光的背影，说：“你可不可以告诉我你的名字。”

季小觉闭上眼睛，看到的全是封烬坚毅的侧脸和那双令人无法不臣服的眼睛。她抓着封烬的袖子，钻进他的怀里。

封烬……

“抓紧我。”

封烬的声音像极了夏天伊始的一阵风，把整个夏天的凉意都送到了心底。

封烬抱着她，从阳台上一跃而下。

2.

季小觉醒过来的时候有一种现世错乱的感觉。她眨了眨眼，目光停在天花板上的一圈光晕上，她不确定自己是死是活。

姑且当作没死吧。

“封……”季小觉开口的时候才发现自己的嗓子哑得难受，身体也难受得厉害，却不知道哪里在疼。

路久看到人醒了，赶紧按了医护铃，走过来却听不清她的声音，问道：“你说什么，风太大了吗？”

“烬……”

“行了，我知道你没劲，没劲儿就别说话了啊，医生待会儿就来了。没事儿。”

季小觉很无力地眨了眨眼，在这一刻才确定，她真的没有死。

医生和护士一起进来，简单地检查了一下，说是除轻微的烧伤还有嗓子被呛坏了之外，没什么其他问题。医生又简单地交代了几句就走了，可出门的时候，季小觉并没有听到关门的声音。她有一种预感，于是挣扎着抬起头。封烬站在门口，外套搭在胳膊上，衬衣袖子挽到了小臂，露出胳膊上的一小截绷带。明明很安静地站在那里，却有一种风尘仆仆的感觉，甚至给季小觉一种，千里万里朝她而来的错觉。季小觉眨着眼睛，眼泪就不受控制地流出来了。

路久正好端水过来，慌忙问：“怎么回事？是不是泪腺被熏坏了？”

“你少说点儿话。”封烬走过来，呵斥了路久一句。

路久比了个 OK 的手势，然后下一秒又开口了：“这药你喂她喝还是我喂她喝？”

季小觉已经缓过来了。她赶紧坐起来，不敢去回应封烬从始至终都盯在她身上的目光，从路久手里接过药，意思是她自己喝。

温和的液体下喉，仿佛有什么东西被冲开了，季小觉终于觉得好受了一点儿，可是依然不敢去看封烬的眼睛。

路久自然能看出其中的端倪，从那天封烬抱着季小觉从四楼跳下来的时候，他就看出来了。

那个时候的封烬真实又鲁莽，浑身上下都是无所顾忌的少年气。

而现在的封烬一如往常般冷漠沉静，仿佛那天的人并不是他一样。路久犹豫了一下，说："要不……老大你今天还是别问了吧。她刚醒，喉咙还没好，状态也不行，也没法回答你的问题。"

封烬仿佛没有听到他说什么，依然看着季小觉，问："你没有什么要和我说的吗？"

季小觉低着头，知道他是在问自己。

封烬见她不说话，又说："那好，我来问。你只需要点头或者摇头。"

"老大！"路久拦不住，封烬终于看了他一眼。路久胆小，"行行行，我不管了，你随意吧。我出去了。"

季小觉只听"嘭"的一声，然后整个房间都安静了下来，静得只能听见她自己的心跳声。

"封……"

"唐千叶是你室友？"

季小觉一愣，忘了自己原本是要说什么的。她抬头，看向封烬的时候他却别开了眼。她大概不知道，自己每次看向一个人的时候，那种无辜的感觉让人有多于心不忍。

封烬沉默片刻，才又说道：“可是你们学校的教务系统里并没有这个人，或者说之前有过，但两年前已经没有了。”

季小觉忽然觉得耳朵里面变得很吵，眼前的东西开始反光，刺得她有些睁不开眼，可是封烬并没有停下来。

“换种说法，她现在并不是你们学校的学生。你们学校也没什么侦探协会，包括你住的宿舍，从头到尾登记的都是你一个人在住，能明白吗？”

季小觉顾不上嗓子的不适，开口时的声音像是垂死的鸭子：“不是的……”

“季小觉。”封烬仿佛是叹了一口气，“我知道你现在没有办法接受，但是事实就是这样，唐千叶唯一没有骗你的地方是她的名字。而死者唐迎春是她的养母。”

“不是的……”季小觉不肯相信，可是她说服不了自己。

不管是那个时候站在现场，说“就算这里躺的是自己的亲人也要理智”的唐千叶，还是在医院里躲在被窝里哭红了眼还不让季小觉察觉的唐千叶，都是真真切切……却又让她捉摸不透的唐千叶。

季小觉低着头，讷讷道：“就算是这样，又能怎样，只不过是死者的家属。”

“你知道的吧。”封烬毫不留情地戳穿，“唐千叶留在现场的痕迹。”

季小觉呼吸一窒。

可是她不得不承认，自己确实看到了，那天唐千叶桌子上的信封上沾着几粒烟灰，混着些木屑，她当时以为是药物的残渣。可是后来在看见阳台边的抓痕的时候才猛然觉得，那应该是来自这里的东西。

可是封烬为什么会知道?

季小觉看着他，封烬沉默了一会儿才说：“跳下来的时候，我看见了死者留在现场的信息。头盔护目镜的一角，嵌在了阳台下方的木头里。”

大抵是死者抓住阳台边沿时的殊死一搏，她知道自己不会被拉上去，所以将手里的那片碎片插了进去。

因为在阳台下方，也就是三楼天花板的位置，那么小的一块自然不会被发现。

季小觉忽然明白唐千叶那天为什么要她戴着头盔了，因为即便后来在现场发现了头盔碎片，季小觉戴着头盔去过那里也成了完美的证词。

或许连拉着季小觉去现场，弄坏了一切，都是算计好了的。

可是季小觉没有任何想责怪唐千叶的意思，反而担心唐千叶发现她已经知道了这些事情之后，会不会不来见她了。

“那她现在在哪里？”季小觉问。

封烬说：“不见了。”

她抬头，看着封烬。

“警方现在正在找她，案子会在两天内结案。这两天你就待在这里好好休息，哪里都不要去，路久会派人守在这里。”

即便季小觉想到过这种可能，可还是等封烬说完了才问：“你是不是想用我来引出她？”

封烬没有回答，准备离开。季小觉叫住他：“就算唐千叶当时在现场，可是没有证据也不能证明她做过什么事情，对吗？”

封烬将手搁在门把上，轻轻拉开门，说：“季小觉，可能性是对等的，有不是凶手的可能性，就有是凶手的可能性，你不能总抱着侥幸的想法只接受一种可能。”

封烬说完就出了病房。

季小觉呆呆地看着紧闭的房门。许久许久才记起来，她醒过来的第一秒，是想问封烬：“从前就有救命之恩以身相许。你救了我两次，会不会觉得，我有可能已经开始喜欢你了。”

或许早就开始了，可是恰好碰上不是时候的时候。

可是唐千叶并没有来。季小觉反而松了口气。

而在此期间，路久也给她看了唐千叶的相关资料，连同那份保险。路久说：“这可以是动机。”

季小觉没应。

她忽然想起第一次见唐千叶的时候，她就这么站在宿舍门口，说：“季小觉吧，我唐千叶，刑侦专业的，你新室友。”

她朝气坦荡，帅气又漂亮。

季小觉第一眼看见她就喜欢她了。所以当时季小觉什么都没有怀疑，在心里暗自开心，给她开了门，收拾了床铺。

季小觉想了很久，她好像就为唐千叶做过这么一件事。而唐千叶一出现，就是她的万有仰仗，为她万事操劳。

所以就算唐千叶真的利用了她，那也不过是唐千叶该拿的。

季小觉许久才说：“唐千叶不是这样的人。”

“其实老大说得没错。”路久叹气，“你看到的人都是戴着面具的，他们为了目的可以塑造出一切你喜欢的样子。”

季小觉顿了一下，直直地看着路久：“不是的！”

“行行行，不是，不是。”路久让步，恰好手机响了起来，便出门接了个电话。他回来的时候表情严肃了许多。

季小觉问了他才说：“你认识祝安根吧？”

季小觉点头。

“他自首了。”

季小觉愣了一下，当时现场五楼和四楼重合的那组脚印，在记忆里与祝安根的身形特征完全吻合。甚至，那天火光里的那个身影，那一眼，季小觉也想过是他。

可是仅仅这么想过，却没有想过真的是他该怎么办。

“不过，他要见你。”路久说，“他现在正在和老大一起来的路上，具体情况我们还会调查，你……”

“唐千叶呢？”季小觉忽然问道，“唐千叶现在在哪里？”

路久摇头：“还没找到人。”

祝安根进来的时候，季小觉刚从病床上下来，如果唐千叶不愿意来见她的话，她就去找唐千叶。

至少要让唐千叶知道，比起所谓的被利用被欺骗，季小觉在意的永远是唐千叶这个人。

祝安根大概两天没有合过眼，眼睛通红，无助又狼狈地站在季小觉面前。他本来想跟季小觉道歉的，他想说对不起，那天他不知道她在里面。

可是季小觉比他先开口："唐千叶在哪里？"

这几个字让祝安根心里发疼，他忘了自己要说什么，张了张嘴："我找不到她了……"

季小觉心里忽然有一种非常不好的预感。唐千叶从来都是一个敢做敢当的人，她不会擅自离开，更不会弃他们于不顾。

"祝安根。"季小觉忽然镇定了下来，脑袋里的一些画面走马观花般地出现，她有些不肯定，问，"你告诉我，你是不是有什么事情瞒着我，关于唐千叶。"

祝安根的眼神有一瞬间的闪烁。

许久，仿佛是已经支撑不住身体的重量一般，他坐下来捂住脸，声音从指缝里漏出来："对不起，季小觉，她……她生病了。"

果然吧。季小觉想起唐千叶从来都没有断过的"感冒药"和"维生素"，还有骤然剪短的头发，越发苍白的脸色，以及那天在医院，季小觉嘲笑祝安根哭得跟唐千叶得了绝症似的。

她为什么现在才察觉到呢。祝安根眼里的无助和绝望像一把刀似的插在她的心口。她在这一刻，忽然无比地厌恶自己。

握紧的拳头又松了，不是结局猝不及防不给她准备的机会，而是人生处处是伏笔，她却总是异想天开。季小觉深呼一口气，问道："能治好吗？"

“……”祝安根说，“对不起，是我不中用，我……”

季小觉大概明白了，好像一切事情都有了答案。

唐千叶没有钱治病，而唐迎春身上有巨额保险。只要唐迎春不小心死掉，唐千叶就有百分之十活下去的可能性，所以他们这么做了。

“所以……”季小觉问，“真的是你做的吗？”

祝安根缓缓抬起头来，眼神没有焦距。许久，他才开口，说的却是完全不相干的话：“季小觉，你知道吗？那天我正在超市里买东西，一家很小很偏的小商店，是我去的第394家。我在那里找到了千叶糖。

“千叶糖是她小时候最喜欢的糖了，那时候的她不管是生气，还是难过，只要一包糖转眼就能嘻嘻哈哈。可是后来这个糖就没有了，仿佛从这个世界上消失了一样。我找了很久，也没想到我真的能找到。就像没想到她会给我打电话一样。

“她在电话里问我，你喜欢千叶糖吗？我说喜欢啊。她又问，那你喜欢唐千叶吗？那个瞬间，你知道吗，就好像是夏天的冰，冬天的被窝，春天的风……世界上全部的美好加在一起才可以比拟的。我好久才敢说，喜欢，特别喜欢。因为我怕我在做梦。”

祝安根的眼睛在这一刻有了一点点光，他说：“她对于我来说，是天使手心里的糖。现在我才知道，我向来索然无味，追求安稳的一生，却做过许多令我自己都匪夷所思的事情。是因为，遇见她之后，我就不再是我生命里最重要的人了。”

祝安根是在小学一年级的时候遇到唐千叶的。那时候，他刚从幼儿园毕业，满怀憧憬地走进小学生活的时候，从来没想到，会遇到唐千叶这么一道惊雷。就好像，在此之前世界是没有声音的，而这一声巨响，才让他见识到，世间万籁。

唐千叶是他们班的小霸王，整天跟男孩子混在一起，能踩桌子的地方就不好好走路。谁要是得罪了她是绝对没有好下场的。而祝安根性格内向了些，不喜欢说话，长得又白白净净的。他总是被捉弄的那一个。

两人第一次接触，是在小学三年级的时候。有一次放学打扫教室卫生，和祝安根一组的把劳动工具丢给他之后全走了，所以只剩祝安根一个人，他一个人在教室扫到很晚。他准备回去的时候却发现教学楼里的大门锁了。他不知道该怎么办。他爸妈爱打牌，这个时候应该还在牌桌上，根本不会知道他还没回家。祝安根蹲在教室门口的走廊上，开始偷偷地哭，等到天越来越黑就索性仰着头放声哭了。他们教室在二楼，于是一抬头就看见了坐在三楼阳台上的唐千叶。她好像是刚打完架的样子，两个马尾一个高一个低，脸上脏兮兮的。她晃着脚丫子，说："喂，你知道我是谁吗？"祝安根当然知道，他不敢得罪她，所以同班两年差不多没说过话，现在还是不敢说话。

"啧。"唐千叶咂了下舌，就这么顺着两层楼之间的排水管滑下来，然后跳进来，刚好落在他面前，像个欺凌弱小的恶霸，"你知道从天而降的人叫什么吗？答对了我就带你出去。"

"神……神仙……"

"嘁，老土。"她顺手捡起地上的扫把，骑上去绕着走廊跑了好几圈，又停下来，"我是女巫。会魔法的女巫，记清楚了吗？"

祝安根点头："你……你好。"

唐千叶眨了眨眼睛，说道：“上来吧，我们出发！”

那是祝安根第一次做“不可以”做的事情，从二楼顺着排水管跳到一楼。

他从小都活在各种条条框框里，不可以打架，不可以逃课，不可以不听大人的话，不可以……

唐千叶是这些框框之外的人。

那个时候，祝安根抱着排水管一边哭，一边往下滑，唐千叶在下面一直张着胳膊，说：“没事，我会接住你的。”

最后一段他松了手，闭着眼跳了下去，从此，跳出了他的方寸之间，跳进了唐千叶的世界。

祝安根是四年级的时候才知道唐千叶家里的事情的。

她有一个很过分的母亲，不是亲生的，对她非打即骂。很多时候，他以为她身上的那些伤口是打架打出来的，其实不然，而是被她养母打的。

她还有一个外婆，也不是亲生的，但对她很好。唐千叶因此觉得很知足了，那些事也不让他说。

她总说：“不是还有你对我好，跟我玩吗！”

所以祝安根总觉得自己有多了不起似的。不是唐千叶保护他不被欺负，而是他陪着唐千叶让她不至于那么孤独。

可是，后来他才知道，自己最了不起的不是成绩好，有能力，有多少朋友。祝安根最了不起的地方，是那天唐千叶说，那我也喜欢你。

祝安根说：“那份保险是她外婆买的，说是唐迎春这辈子没做什么好事，肯定会不得好死，还不如死了补偿一下唐千叶。

“那天我确实是想把她推下去的。但我不知道唐千叶每个月的那一天都会去给她送生活费。她刚好撞见了，想拦住我，可是已经晚了。她想保护我所以才做出后来销毁证据的事情。可是我不想再连累她了……”

“不是这样的。”季小觉打断他，“不是这样的，对不对？是她自己坐到了松动的木桩上滑了下去，你们什么都没有做，只不过是来不及救她，对不对？”

四月的尾声，春天仿佛已经结束，可夏天又尚未开始。

风扬起白色的窗帘，好像是要带它去哪里似的，却惊醒了窗台上的尘埃。即使微不足道，也想落在窗帘上，拉住它。

许久，祝安根笑起来：“季小觉，谢谢你，连同唐千叶的那一份一起谢谢你。”

病房门被打开，封烬站在门口，满身都是季小觉心上的尘埃。

3.

季小觉承认，有那么一刻，她其实很想毁掉自己又找回来的那些证据。即便封烬有一个头盔碎片也属于证据不足。

那么最后校方为了息事宁人，还是会以意外事故断案。

所以封烬说得没错，她不配做警察。

那天封烬是季小觉从来没有见过的样子，于她仿佛一个陌生人一样。

她只来得及喊一声：“老大……”

封烬就没再给她机会说话了，他面无表情，语气冰凉，说：“季小觉，你不要觉得你的感情可以拯救谁，也不要把自己当作救世主，善与恶不是由你来决定的，你要找的真相即便逆于你的认知，那也是应该坦诚的真相，这叫责任。”

“……”

“在你没有想清楚之前，我不再是你的老大。”封烬推门的手还缠着白色的绷带。

“封烬。”季小觉叫住他，“你手还疼吗？”

封烬没应，好像没听见一样。

季小觉靠着墙角蹲下来，头枕着膝盖，透过窗口看外面的天空。她也不知道为什么，明明被骂了很难过。可是她刚刚最在意的还是封烬的手疼不疼，这一点好像比自己难不难过更重要。

季小觉也不知道保持这个姿势蹲了多久，站起来的时候脚有些麻了。整个人直直地往下倒，好在没有摔在地上。

沈竹言扶住她，道出一声：“怎么了？”

季小觉趴在他肩膀上，就再也没忍住，放声大哭了起来，哽咽的声音断断续续的，泣不成声。

沈竹言花了好久才听清，她说：“沈老师，封烬……他不要我了……唐千叶也不要我了……”

沈竹言叹了口气，轻轻拍着她的背，安抚道：“好了，我不是还在这里吗？”

季小觉哭累了才停下来，但是还是有点儿止不住地抽噎。

沈竹言给她倒了杯水：“事情我已经知道了，哭没什么不对，但是哭完了就要好好面对，行吗？”

季小觉接过来，“可我不知道该怎么办……”

“你啊……”沈竹言无奈地笑，笑声沉沉的，见她水喝完了又接过空杯子，递给她一张纸，说，“好了，封烬那边我会去说，唐千叶的下落也交给我，你只要把自己的状态调整好，去学会面对这些，好吗？”

季小觉看着他，男人眼神温柔，连头发都是温软的样子。她看到的沈竹言，好像永远都是这个样子，有我在就不用担心任何事情的样子。

季小觉移开目光，点头：“沈老师，谢谢你。”

沈竹言没有让季小觉等很久。第二天，她就收到了沈竹言的消息，是一家医院，在城市周边的一个小镇上。季小觉一刻没停地赶了过去。这所医院比季小觉想象中的还要糟糕一点儿，墙上贴的是很久很久以前那种白色的小长方形瓷砖，靠近地面的部分长满了青苔。进去的一瞬间仿佛是从白天走进了傍晚。潮湿腐朽的味道甚至盖过了消毒水的味道。阴暗的灯光，照得来往的护士衣服都泛了黄，她撞开季小觉，朝着门口的老爷爷、老太太大声嚷嚷着她很难听懂的方言。季小觉后来越走越慢，最后在唐千叶住的病房门口停了下来。她好像还是没有准备好，要怎么见唐千叶，用什么样的表情，第一句话该说什么。正这么犹豫的时候，门从里面拉开了。一位老婆婆佝偻着腰，满脸的皱纹把五官都挤成了一道道缝隙，却依然显得和蔼可亲。

她看着季小觉，很久，忽然笑道：“哟，小糖，你怎么来了呀……”季小觉蓦地愣了一下，还没来得及开口，却听见唐千叶的声音，依然是没心没肺的语调，可是没以前有力气了：“姥姥你醒醒吧，见着人就喊小糖，我看你就是想偷吃糖了！”

外婆根本没听见唐千叶的声音，拉着季小觉的手，说：“这么久没来，是不是你妈又把你关起来啦？”

她缓缓说着，粗糙的指腹摩挲着季小觉的手：“不过我跟你说啊，行恶者受恶报，老天爷都看在眼里，她做的那些混账事迟早要遭报应的，等她死了就好了，你看她现在终于就要死了……”

老人说着，始终是不忍心地揉了把眼睛，然后拉着季小觉看向唐千叶的方向。

“我说外婆，您就让我多活……”唐千叶对上季小觉的视线，剩下的话连她自己都忘了要说什么。

而季小觉在这一瞬间，猛地哭了。

唐千叶看着她，突然笑了：“哭什么，多大的小姑娘了，还哭呢。”

“唐千叶……”季小觉几乎是扑过去的，她抱着唐千叶的时候，好像抱着一棵树一样。季小觉的眼泪流得更凶了，“唐千叶……”她有很多很多的话想说，可是到头来却反反复复只叫得出来她的名字。

“笨不笨啊，被骗惨了还来给我送行？”

季小觉拼命摇头，哽咽得说不出来话。唐千叶按着她的脑袋，却没有一点力度：“别别别，晃得我头晕……”许久又说，“对不起啊，骗了你……还……”

“没有……”季小觉抬头，看着她的眼睛，很认真地说，“没有，那些都不算。”

“出息呢……”唐千叶笑得很难看，干瘦的手盖在季小觉的头上，无奈地叹息，“算我命好，被你赦免一次，以后要碰到这样的人，要狠狠地骂回去，让她不得好死，知道吗？”

“我不会骂人……”

“我帮你骂。”

“好。”

她在来之前想过无数种两人见面的样子，尴尬、无言，又或者是局促的沉默和仓皇的解释。

可是这一眼她大概明白了，不知道怎么面对的人，不敢推开的门，人的怯懦大多数时候都是败给了自己想象中的恐惧，其实现实要温柔得多。

那几天，季小觉一直都在医院，每天陪唐千叶说话散步。可唐千叶体力有限，每天能走的路程越来越短。再到后来，她吃饭都需要喂。整个人瘦脱了形，头发早就没有了。季小觉想给唐千叶换一个好点儿的医院。可是她拒绝了，连医生都说没必要。折腾来折腾去还不如好好度过剩下的日子。

季小觉的一颗心仿佛一直在无限坠落。她不知道什么时候会落地，她希望那一天永远不会到来，她害怕看见摔成肉泥的自己。可那一天风和日丽，还是多雨季节难得的晴天。季小觉推着唐千叶出去晒太阳。外婆也在，她摊了块布就坐在地上，胳膊上挎着一个编织的竹篮，里面是外婆一针一线纳的鞋底。

唐千叶叹了口气，从她手里拿过针线，可线头在她绵软无力的手上有些不听使唤。

季小觉心里难受，说道：“我来吧。”

外婆从季小觉手里接过针线，眼尾泛着光：“要是早这样该多好，迎春糊涂了一辈子，也浪费了自己一辈子。”在老人眼里，自己不争气的女儿终于醒悟过来，洗心革面，能安分坐在这里。小孙女也长大了，就算是抱养的她也认。这样的场景对于她来说就是颐享天年。

老人絮絮叨叨地给季小觉讲以前的事儿，说小糖小时候有多混，又有多坚强。她第一次见唐千叶，就跟只小奶猫一样，没想到一下子就长这么大了，野得跟老虎一样。

季小觉静静地听着，倒是唐千叶在一旁笑得合不拢嘴。

唐千叶拉过季小觉，问：“你知道她什么时候才会认出我吗？”

“唱歌的时候。”唐千叶没等季小觉回答，又说，“你不是想听我唱歌吗，《好汉歌》我唱不动了，《秦淮河》我也唱不出来那个味道，我给你唱另外一首，好不好？”

季小觉点头，心里酸涩得不行。

暮春的阳光暖洋洋地照在她瓷白的皮肤上，连发丝都泛着金黄色的光，透明轻盈得仿佛风一吹就会散。

季小觉忽然想到祝安根形容的唐千叶，他说，她是躺在天使手心里的糖。

季小觉当时只看得懂里面的甜，却没有看到其中的苦。天使的手心，是凡人触不到的地方。

唐千叶笑了一下，目光移到很远的地方。她缓缓张口，江南姑娘特有的吴侬软语如同山涧里一涓细流潺潺而过，淌过心田，挠过心尖，留下酥麻的余音。

忖起外婆桥

河塘里小船摇啊摇

宝宝摇篮里厢困晏觉

外婆相之宝宝眯眯笑

手推摇篮轻轻摇……

季小觉本来以为眼睛已经干得流不出泪了，可是此刻眼角的温热又如此清晰地淌过脸颊。她偏过头，旁边老人沙哑的声音跟着和进来。

唐千叶被紧急推进手术室的时候，外婆还坐在原地唱着那首歌，可脸上的每一条皱纹里都藏着一条河。

“小糖啊，我苦命的小姑娘……”

季小觉站在病房外面，焦急之后心里只有一种很深很深的无力感。走廊上的每一道声音都像是砸在心上的一道沉响。

祝安根不知道什么时候来的，季小觉只记得自己一回头就看到了他。满身都是风雨，满脸都是泪水。他手里紧紧攥着两封信。那是唐千叶在某一个下午，趁着季小觉睡着的时候偷偷出去寄的。

其中一封是给季小觉的，她不好意思当面给，因为信太短了。她也以为自己会有说不完的话，可是提笔之时，只能想到这么几个字。

她说：“季小觉，我这一生，只有名字是我自己的。我把她，连同她最好的一面都给你。剩下的我，如果可以的话，我会杀掉我的胆怯，我的怯懦，我的阴暗，让那些不好的我永远都不会与你相遇。”

写给祝安根的时候也是，不知道该说些什么。大概是因为他永远在她身边，每次一有什么话都第一时间告诉了他。

唐千叶写这些的时候其实是很开心的，她对祝安根说：“那几天是我一生中最快乐的几天。你知道吗？在你身边，我好像慢慢变小了，先变成了一个小姑娘，撒娇任性，最后成了一个婴儿，只会拥抱与爱。”

她说：“祝安根，要是早一点坦诚地爱你就好了。”

多早呢？

祝安根这些天其实一直在想一件事情。他想起自己写的那个故事里还没有开头。他的人生不怎么好，却想把爱情塑造成最好的模样给人看。

如果大家都觉得他们幸福，那他们就能带着这种美好的希冀，在下辈子重新相遇吧。

所以，他给那个故事补了个开头。

那是最开始的时候。他们住在一个大院儿里，两家是好友。他要比她早出生一点点。两三岁的时候，他妈妈第一次带他去看她。她在肚子里不老实，踢得她母亲又无奈又好笑。然后，他轻抚着她母亲的肚皮，感知到了她。那是他们最开始的相遇。

祝安根想问一下唐千叶的意见，就从这个时候开始，好不好？

这臆想出来的美好，是他们这一生，错过的模样。

季小觉没想到封烬也会来，她是在从手术室那条走廊出来的时候看到封烬的。他环手站在那里，背靠着墙壁，好像是等了很久的样子，皱着眉有些不耐烦，目光在触及季小觉的时候停了下来。季小觉有些局促地看了看自己，她好像有很久没有洗澡了，衣服上还沾着下午的草屑和泥土，整个人看起来肯定特别糟糕。但是比起外表的狼狈，她觉得更应该无地自容的是自己的心，至少这么一刻她还是想给唐千叶求情。

“老……”季小觉张了张嘴，“你怎么来了？”

封烬没说话，季小觉不敢看他，问道：“是……沈竹言让你来的吗？”

她没有看到封烬目光的沉顿，也没有注意到他的眼神好像有一点心疼，只听见他许久才说：“是。”

季小觉愣了一下。他以为封烬会有一点点是遵从自己的内心来看她的。现在最后一点希望都没有了。她扯着嘴角，笑着说：“其实不用了，我……反正我以后也当不了警察，你说的……”

“我不是来听你说这些的。”封烬语气有些微微的生冷，打断她，“季小觉，你过来。”

季小觉抬头，看着他。她和封烬之间就两三米的距离，她六步就可以走过去，甚至更少一些。可是她不明白封烬的意思，看不懂封烬那双墨黑的眸子里到底有什么。所以他们之间不只是这六步，或许隔着一整条银河，他们是分割银河两端的两个宇宙。

季小觉说：“封烬，我知道你要说什么，你要告诉我凶手其实就是唐千叶对吗？可我现在不是警察，不是你助理，我就是一个普通的犯罪嫌疑人的朋友，所以我不想知道真相是什么，凶手是谁。那些对我来说都不重要，重要的是她能不能活下去……”

封烬就这么看着她从佯装镇定渐渐变得崩溃。这一刻，他忽然有一种令自己都觉得不可思议的想法，他想帮她擦掉脸上的泪。可能是太难看了吧，封烬想。

可是那天从病房出来之后，那句细如蚊蚋的“你手还疼吗”一直缠在他耳边，又要怎么说？封烬觉得有些烦，他不喜欢一切不确定的事物。可是季小觉身上偏偏就有这么多让他没有办法掌控的不确定性。不知道她记不记得他，不知道她会不会连同他将那段记忆一起弃之如敝屣。甚至不知道她每次看向自己时，眼睛里的光是什么意思。

封烬想，他是一个心高气傲的人，万事游刃有余就不会允许出现一个意外，包括季小觉。

他走过来，只用了四步，停在季小觉的面前。季小觉往后退的动作让他眼神微沉。他说：“季小觉，你知道你最大的缺点是什么吗？”

季小觉不想在这个时候还要听自己的缺点。

“喜欢臆测别人的想法。”封烬说，“我什么时候说过我是来跟你谈案子的？”

季小觉抬头，眼眶泪意盈盈：“封烬？”

“嗯。”封烬淡淡地应了一声，看着走廊尽头的手术室，“不想谈的话，我和你一起等她出来。”

封烬说完这句话就后悔了，因为他觉得自己妥协了，将自己一贯的骄傲和原则卸了下来。

不过……他看了眼旁边的人，算了，仅此一次。

季小觉其实一直都知道凶手是谁，从看到那两处凹痕开始。

一个是她弄出来的，因为那天她摔倒了，头盔掉在地上，砸出了稍浅的一道；而另外一道，来自唐千叶。

祝安根那一天可能确实是想去杀了唐迎春。

可是当他在五楼找到她，把她按在地上，手指掐住她脖子的那一刻，他害怕了，自己手上掐的是一个活生生的人。

唐千叶经常说，祝安根胆小得连一条鱼都不敢杀。所以他也绝对不会忍心看着一条人命在自己的手里终结。

于是，他松手了，看着唐迎春爬起来踉跄着逃走。

而她之所以会出现在四楼，是因为唐千叶来了，唐千叶例行地来交生活费。一个月两千，唐千叶一下子给了五个月的。因为唐千叶知道自己可能活不了多久了。可是唐迎春不愿意，她并不知道唐千叶的病，只是嘲弄着威胁唐千叶，要是敢消失的话，就打死她外婆。

唐千叶气极，将手里的头盔砸了过去。没有砸到人，只是摔在了地上，砸出一道凹痕，然后晃晃悠悠地滚到了阳台边。

唐迎春走过去，弯腰捡的时候，唐千叶也跟了过去。

唐千叶也不知道为什么，就伸出了手。她甚至不记得自己有没有碰到唐迎春，可是回过神来的时候，唐迎春已经悬在半空，一只手拼命地抓着旁边的木桩子，另一只手扒着阳台想爬上来，嘴里还骂骂咧咧："你个贱种，快拉我上来！"

唐千叶忽然意识到，她骂人的本事其实全部是从唐迎春那里学到的，而唐迎春可以更加无所顾忌地骂出更肮脏的字眼。

她没有动。

而这个时候楼上的祝安根跑了下来。

祝安根后来说，他们想拉唐迎春上来的，可是来不及了。旁边的木桩松了，人就这么掉了下去，直直地插在那里。

后来，季小觉问封烬，他为什么不相信祝安根是凶手。

封烬说，眼神，祝安根坐在那里的时候，不是杀人的眼神，而是救人的眼神。

这对于一个以研究细节为日常的痕迹专家来说是很显而易见的一件事情，虽然还有更直观的证据。凶手如果杀了人，不会多此一举再回头去把现场烧了。而他这么做的目的，是想尘埃落定，真相无处可寻。

刑侦学上有一种叫作共同犯罪的。而他们不至于，而是分担犯罪。

祝安根觉得自己这一生，不聪明，不通透。只有爱这个字他看得深，对于他来说，爱可以被拆分成两个字，叫作分担。

爱是分担，罪也同担。

祝安根看着手术室的灯，映红了他的眼。而他的身影掉在地上，只剩孤零零的一半。剩下的，是一个怎么也填不满的缺口。

人这一生本该最爱自己，可是从遇见你开始，我就不是我生命里最重要的人了。

二

陪你到世界终结

他出发去找最爱，
今生未回来。

Chapter.1

他的小小小女孩儿。

1.

虽然才五月份，但季小觉毕业的事差不多都忙完了，只剩一场形式上的毕业典礼。所以，她最近特别闲，去警局工作的事情原本还指望跟着封烬当了一段时间的助理之后能有什么基础走个后门，哪想到最后是被人拎着领子给扔出来了。而且现在学校的宿舍已经退掉了，季小觉没地方去，就在外面租了间房子。位置在城市的边缘，好像是以前什么培训学校的老楼房。她找到地方的时候踩了一脚的泥。发黑的墙壁，摇摇欲坠的铁栏杆，每一层楼都有女人尖锐的声音和小孩儿的哭闹，偶尔的嬉笑都伴随着不分昼夜的麻将的声音。一个月五百块钱也只能找到这样的地方了。

季小觉住在七楼，一套房子租给了三个人，季小觉只有一个房间。因为是隔出来的，从前到后依次放着一个衣柜，一个小书桌和一张床，床头是一扇铁窗，像是监狱一样。唯一值得庆幸的是房间带着一个小阳台，虽然站在阳台上也只能看到后面一栋同样的烂楼。

季小觉刚来的时候在这里待了一个星期，每天也不出门，困了睡觉，饿了点外卖。屋子里潮湿腐烂的味道永远散不开。那段时间她活得像是一只见不得光的虫。

一直到五月最后一天的晚上，她梦见了唐千叶。唐千叶站在毕业典礼的舞台上软着声音给她唱了一首《秦淮河》。季小觉醒过来的时候枕头都湿了。隔壁房间不知道住着什么人，平时总是晚上七点出门，第二天六点回来。今天难得在家，哼哼唧唧不知道在唱什么。

季小觉看了眼时间，凌晨两点。她向来是一个起床气很重的人。睡不好的时候什么都顾不上，掀开被子趿着拖鞋就去隔壁敲门。后来有人教训她，如果住在隔壁的是一个猥琐大叔呢，大夏天的，衣冠不整迷迷糊糊的女孩子自己送上了门。当时这些事情季小觉都没有想过。大概是因为在她过去的生活里，一直都被保护得太好了。

门是往里开的，季小觉气势汹汹地拍了两声，最后一掌扑了空，橘黄色的灯光像流水一样淌出来。年轻的男孩子穿着大裤衩子，白色的背心，刘海绑了个苹果鬏儿，露出光洁饱满的额头。即便是夜晚昏黄的光线也挡不住他这张比女孩子还要好看的脸。季小觉愣了一下。对方也愣住了。

“季小觉？”

季小觉眨了眨眼睛：“陈洲哥？”

陈洲是枯月巷酒吧一条街里一家叫作“未觉”的驻唱歌手。季小觉以前在里面待过，所以认识。不过也好几年没见面了。两人更没想到会在这个时间、这样的地点遇见。

陈洲看着季小觉乱糟糟的脸，也有些蒙，问道：“怎么哭成这样儿了？”

这么一说季小觉才意识到自己脸上的眼泪都没擦干。她吸了吸鼻子。

陈洲问：“要不要进来坐会儿？”

“嗯。”

陈洲的房间比她的大很多。

他应该在这里住了很长一段时间了，乱七八糟的东西很多，但无一不都沾染着他的痕迹。吉他音响调音器。地上还有一堆错综复杂的线和废弃的纸团。

陈洲随便拨了一块地让季小觉坐下，然后给她倒了杯水，自己坐到她对面，问道："你什么时候住到隔壁的？"

"一周前吧。"

"我怎么记得两周前就有人搬进来了？你们中途换人了？"

"那就是两周吧。"季小觉这段时间过得浑浑噩噩的，今天几号她都有些弄不清。她其实以为已经过了三周了。

陈洲叹了口气，往后靠在床上："怎么说你好，我见过你这个年纪的女孩子都是每天打扮得跟仙女一样逛街购物谈恋爱，你倒大门不出二门不迈。"

"所以才是你见到的，我们这样待在家里的你当然看不到了。"

陈洲是第一个连季小觉都说不过的人，他不说了，改问："施简姐知道吗？"

季小觉立马变了表情："你别告诉她好不好。"

季施简是季小觉的监护人，比她大八岁，也是"未觉"的老板娘。季小觉对季施简的惧怕从她带自己回家的那一刻就存在了。

"放心吧，老板最近在国外惹了不少花边新闻，她赶过去抓人了，估计也管不到你这里。"

季小觉松了口气。

两人又絮絮叨叨说了些各自生活上的事情。

最后，季小觉问：“对了，我之前看微博上说 Ending World 解散了？”

只见陈洲神情一僵，瞬间又恢复如常，说：“没解散，我和李余方都在呢。”

季小觉点点头，明白了陈洲的言外之意。

季小觉十四岁的时候遇到的陈洲。那个时候，她偶尔会在季施简的酒吧玩。陈洲那年大概十七岁吧。他背着一把吉他站在“未觉”门口，双眸明亮，问：“你们这里缺唱歌的人吗？”季小觉单纯地觉得他好看，于是把他带到季施简面前。

季施简一向脾气大，直接说：“滚蛋，当我们这里是难民收容所吗？”

陈洲一点儿也不生气，也不难堪，反而朝季小觉投出一个安慰的眼神。

于是，他走到“未觉”门口，就地坐下来。他大概早就习惯了这副街头卖唱的模样。季小觉抱着腿坐在旁边，那首歌从头到尾都只有她一个人听。

她觉得陈洲的声音是真的很好听，纯透清澈不掺任何杂质的少年音，像是能穿透烈烈夏日的凉风，又或者是寒冬湖面上骤破的冰，就像他给人的感觉，干净又清爽。

她听完了，说：“你放心吧，我一定让施简姐把你留下来。”

季施简听见了，她跟季小觉说：“也不是不行，你滚蛋，他进来。”

季施简当然不会真的把季小觉赶走，而陈洲也留下来了，日复一日地在“未觉”唱着不温不火的歌。

直到两年前遇到李余方。

在这个物欲横流的世界里，任何深陷其中的人都不免惹上一身尘埃，只有陈洲，他的人和他的声音一样，是这个肮脏的世界里，唯一能够落脚的挪亚方舟。

这句话是李余方说的。

所以季小觉一直觉得 Ending World，好像是李余方特地为陈洲组建起来的一样。

而另外一个键盘手和鼓手完全是游离在 Ending World 之外的存在。没想到现在果然就只剩下陈洲和李余方两人了。

想到这里，季小觉问了句："余方哥，最近还好吗？"

陈洲抿着嘴角，上扬道："挺好的。"

季小觉忽然觉得，这一刻的灯光都柔软下来了。

但在季小觉眼里。

李余方其实是一个很奇怪的人，他是 Ending World 的队长兼吉他手。话不多，性格很淡，在舞台上的时候永远戴着一副黑色的面具。于是，你只能看到那双眼睛，凛冽又不屑。

如果说陈洲是一阵清爽的风，那李余方则是笔锋沉顿的一笔墨。

偏偏第二天，恰好是李余方来接的他们。

季小觉跟在陈洲后面下楼。李余方的车停在老楼前，季小觉认识他的车子，不管是车型，还是标志，都张扬而狂野。

车窗摇下来，季小觉小声喊了句："余方哥。"

李余方"嗯"了一声，像是没看到她一样，又低声喝住陈洲："站那儿别动。"

然后车轮碾过地面的泥土，停在他们面前。季小觉忽然想到一个词，浪费。

陈洲替季小觉打开车门，自己又绕到另一边坐进去。

李余方透过后视镜看了他俩一眼才发动车子。

一路都是陈洲在说话，季小觉偶尔会应一声，或者跟着笑出来。但是始终不敢太放肆，因为李余方就算坐在这里不说话，她也觉得气氛因为他的存在变得有些压抑了。

“陈洲。”李余方忽然开口，季小觉吓了一跳。

陈洲懒洋洋地道：“干吗？”

“既然季小觉也住这里，我给你们重新找个地方吧。这里不安全。”

“不要。”

“不行！”

季小觉和陈洲同时拒绝道。

陈洲坐在李余方的正后方，整个人靠着椅背缩成一块，看着窗外道：“我住这儿挺好的，清闲，最主要离你远。你要找的地方肯定离你近，你得天天管我。”

季小觉闭着嘴，她可不敢这么跟李余方说话。

只见李余方从后视镜里看了眼后座上的一团。不知道为什么，季小觉竟然从这眼神里看出了一丝温柔。

这种完全不属于李余方的情绪。

就像是向你疾驰而来的一阵风，季小觉以为是席卷成灾，可到最后竟然温柔地拥抱了你。

车子在路上堵了一会儿，到枯月巷那块儿的时候已经晚上六点了。

季小觉从车上下来，目光转了一圈儿，停在那硕大的“未觉”两个字上。她快一年没来这边儿了，路边的街景和酒吧的装修也都变得有些陌生。

李余方停车去了。陈洲走上来，不知道什么时候戴上了墨镜。本来就只有巴掌大的脸被遮了一半。他盯着季小觉看。季小觉也盯着墨镜里倒映的自己看。

只是越看越觉得不对劲儿。季小觉忽然两只手捧着陈洲的脸，强行固定住他的脑袋。

“干吗啊？”陈洲不明所以。

季小觉张了张嘴：“那不是……”

停在她身后十二米处的那辆车，不是封烬的车子吗？

仅仅是与他相关而已，那些被自己强行压下去的情绪此刻又像泄了闸的洪水，叫嚣着奔涌而来，季小觉觉得自己瞬间就被淹没了。

李余方过来，熟练地将陈洲从季小觉的手里拉出来，语气有些惯有的凛然：“走了。”

2.

季小觉紧张了一晚上也没见到封烬。

也许他只是过来办案，恰好把车子停在那里，枯月巷这一块儿几百家酒吧，谁知道他会去哪一家。季小觉晃着手里的杯子，放弃了。

陈洲已经换好了演出服，就简单的T恤衫和大大的工装裤，阳光男孩儿的本质尽显无遗。耳垂上还戴了一粒黑色的耳钉，黑曜石般光彩夺目。

而李余方穿的是同款，只不过腰上多系了一件衬衫。很少有人这样穿还能显得腰瘦腿长的，这身装扮不管站哪里都是出类拔萃的。

“季施简什么时候回来？”李余方问了句。

陈洲正在哼歌，没听见似的。过了一会儿，他才答非所问：“新歌的名字我想好了，就叫《挪亚方舟》。”李余方背对着季小觉。季小觉不知道是不是自己的错觉，李余方的背影好像顿了一下，声音里压抑什么情绪，但只说了一个字：“嗯。”

有人敲门，酒吧的值班经理过来找李余方说什么事情。李余方跟着出去了。

休息室只剩下季小觉和陈洲两个人。季小觉终于松了口气，问：“你们又要出新歌啦？”

陈洲没有回答，反而问道：“季小觉，你有喜欢的人吗”

“啊？”

季小觉想说没有的，可是当陈洲问出这个问题的一瞬间，她眼前闪过了封烬的脸，像是一种迫不及待地宣誓。

“没有。”季小觉说。陈洲仿佛没听见，说道：“你以前跟我说，唱歌的人是一定会知道写歌人的心情的，因为说不出口的喜欢会藏进歌里。”

“你要不要试试？”陈洲抬头看着季小觉。

“你说试试写歌？”季小觉连忙摆手，“音乐的事我完全门外汉，你就算只让我写歌词，我也能写成思想汇报，而且我没喜欢的人啊，真的没有……”

“没有还不简单，那就去找一个。”陈洲说。

话音刚落，门被猛地推开，季小觉还以为是李余方，可是来的却是两个陌生人。其中一个是一个长相艳丽妆容精致的女生，穿着吊带和短裤，一头金黄色的鬈发，嘴里叼着一根女士香烟。而另一个是一个很普通的男人，除了有点胖没有别的特点。

季小觉忽然记起来他们是谁了，Ending World 的前键盘手和鼓手，也就是陈洲很明显不愿提起的 Ending World 的另一半。

女人挑着眼尾，目光不屑地从季小觉身上划过。

“有事吗？”陈洲不知道什么时候已经挡到季小觉面前，恰好遮住她的视线。

“没事儿就不能来了？”女人轻嗤一声，烟蒂直接敲在桌子上，“以前好歹一个乐队的，就这么不欢迎啊？”

“你也知道是以前。”季小觉看不见陈洲的表情，只能看见他的手，很用力地握着拳头。

“以前没什么不好，至少我们……”她笑着，正想伸手。

“滚。”季小觉只觉得有一阵强风灌了进来。李余方不知道什么时候来的，风尘仆仆的，像是急急赶过来的。他从门口三两步走过来，一把拉住女人的手腕，猛地往那个胖子怀里一推。

季小觉清晰地看见女人的手腕上，出现几道指印。

而李余方这个时候只是看着陈洲，语气跟那个滚字比起来柔缓了一万倍：“没事？”

陈洲摇头：“没事。”

女人嫌弃地推开胖子，看着李余方，不怒反笑：“李余方，你就这么对我，不怕我……”

“滚。”李余方依然只有这么一个字。

“行。那就别怪我不客气了。”女人踏着高跟鞋走出门。而男人最后瞟了一眼季小觉。季小觉下意识地往后退了一步。

房间里忽然安静下来。陈洲过了几秒才说话：“李余方，我挺好的，没事。”

季小觉觉得这几秒被拉长成了一个世纪。她看了两人一眼，自觉走到门口：“陈洲哥，那个我先……出去一下……”

“嗯。”陈洲笑，“记得我跟你说的事儿。”

其实季小觉一直都知道陈洲和李余方的关系。

感情本来就是一件奇怪的事情，所以不管发生在谁与谁之间都变得没那么奇怪了。就像她也不知道自己为什么会把喜欢的人和封烬画上等号一样。

季小觉坐在吧台，像是一个买醉的酒客，一杯一杯地喝着黄油啤酒，仿佛这样就能说服自己，对封烬只不过是一种报复性的征服欲而已，不是喜欢。

可是这个时候她还没有细想过，世界上这么多人，为什么偏偏怕自己喜欢封烬。

她只顾着趁机多喝点自己喜欢的黄油啤酒，因为会被人逮到。

她放下杯子，好像看见封烬出现在自己面前了。

“小姐，我们这里是不让学生进来的。”

原来是酒吧的侍应生。季小觉甩了甩头，说：“凭什么学生不让进，学生就没有想要借酒消愁的时候啊，我又不干成年人那套事儿，你凭什么管我。”

“我……这……”侍应生一时之间不知道该怎么对付酒鬼，好在陈洲来了。

“小洲哥……”

“好了。”陈洲走过来，“这里我来吧，你先去忙。”

陈洲侧着身子靠在吧台上，上下看了眼季小觉的样子，确实有点儿学生气：“施简姐在楼上休息室好像有几件衣服，你要不去换一套吧？”

“我不！”

“好了，乖一点儿，被警察知道了‘未觉’有未成年，罚款不说施简姐肯定会一气之下把你住哪儿的事查得一清二楚。”

季小觉不情不愿地被陈洲拉到二楼，一边走一边嘟哝：“警察了不起啊，就是了不起。”

季施简的衣服大部分都是性感又优雅的，季小觉驾驭不来。

翻来覆去找半天才找到一套稍微正经点的束腰小黑裙，但胸口有点儿敞亮，她又找了件衬衣穿上，尽管有点儿不伦不类。

季小觉出来的时候陈洲正戴着一只耳机听歌，酒吧的灯光映照在他的耳钉上，像是在耳垂上别着一颗星星。

陈洲看见她这副鬼样子很明显愣了一下，忍着没笑，说：“不过也没事，看起来不像学生就行了。”

因为时间还没到，两人在吧台坐了一会儿。陈洲没让季小觉继续喝酒，给她点了两瓶波子汽水。

李余方这个时候正在舞台上调设备。他站在光影的背面，融成了一道更深的轮廓。舞台的阴影里，他遗世而独立。

陈洲低头喝酒。灯光荡碎在酒杯里，眸光染上醉意。

比起两人在台上相视一笑的样子，这个画面让季小觉更加难以忘记。

陈洲放下见底的酒杯，说道：“你就待在这儿别到处跑，我们忙完来找你。”

他走了两步又退回来，皱着眉看着季小觉。季小觉被看得莫名其妙，问道：“干吗啊……”

陈洲按着她的脑袋拉她过来，不知道从哪里掏出一个橡皮筋，给她扎了个丸子头。

“什么啊……”季小觉从酒杯里看到自己的样子，“丑死了！”

“别扯了。”陈洲按着她的手，“这样方便我盯着你。一看这个鬏儿就知道你在哪里。”

……

“陈洲。”李余方在舞台那边喊。

“走了。”

季小觉戳了戳那个鬏儿，这才注意，发绳是陈洲昨晚用的那根，却没注意到穿过灯红酒绿的舞池，从暗处而来的那道凌厉的视线。

沈竹言总觉得封烬忽然有点儿不对劲儿，表情一下子变得很烦躁的样子。

他回头看了眼，舞池灯光已经暗下来了，聚光灯在前边的舞台上聚拢。上面站着个戴面具的吉他手，猛地拨弄了一下琴弦，发出一阵刺耳的声音，然后舞台正中央喷出干冰。

与此同时，另外一个男孩儿跳了出来。

杂乱的声音瞬间变得整齐划一，全场都是一个声音：“Ending World！Ending World！ Ending World！”

沈竹言单纯地以为封烬不喜欢这样的热闹。他无奈地笑着摇了摇头，仿佛自言自语般：“原来是 Ending World……以前听季小觉说过，还说要是我毕业不刁难她，就请我听 Ending World 的演唱会。没想到我还自己先听到了。”

说到季小觉，他记起什么来。沈竹言靠在椅背上优雅地晃动着手里的酒杯，仿佛是在看杯壁上的某个气泡。

他问封烬：“季小觉最近有跟你联系吗？”

“她为什么要跟我联系？”封烬瞟了眼桌上见底的酒杯。他其实并不怎么喝酒，但是他居然喝完一杯了。

“服务员。”沈竹言适时地叫道。

“不用了。”封烬说，“你今天是来喝酒的？”

沈竹言又示退了服务生，似笑非笑道：“我以为你是专程来借酒消愁的。”

他抬眼，失笑道：“封烬，我预料得不错，第一次看见你烦闷的样子。”

封烬警告了他一眼，没说话。

封烬是带着工作来的，跟进一个毒品交易案，做很简单的人体行为分析，在另外一条街的酒吧。

办完案子的时候，他恰好碰见过来巡逻的沈竹言，他们学校有这个规矩，在校生不得进出酒吧，所以每天都会象征性地派老师过来巡查。

封烬是受邀才来喝一杯的。

他没想到会在这里看到季小觉，和一个男生。

封烬心里轻嗤一声，不愉快大抵是因为他一直觉得季小觉不是这样的女孩子。他在心里这么说道。可是他又凭什么管她是什么样子。

这些都与他无关不是吗？

酒吧里不知道什么时候忽然变得安静了许多，台上男孩子清朗的嗓音伴着一把吉他的伴奏就有一种牵引人心的力量。

他握着话筒，说：“第一首要唱的是很久很久以前写给一个女孩子的，叫作《The little little girl》，很多年没有唱过了，今天是时隔多年的第一次，应该也是最后一次了。”这句话在封烬听来很刺耳，总之封烬认为，这个人唱歌很难听。

偏偏沈竹言要自己往枪口上撞：“怪不得季小觉喜欢，确实唱得不错。”

“你不觉得你有一些失职吗？”

沈竹言不明白封烬的意思，问道：“封烬，我是哪里得罪你了吗？你今晚情绪反常得……”他思索了一下措辞，“像是一只……生气的孔雀。”

这是季小觉的形容，沈竹言当时觉得好笑。现在发现确实挺贴切的。

封烬环手，不屑地发出一个音节：“哼。”

而且季小觉实在太惹人注目了，封烬不管看什么都能在视线范围内见到她。难道不是她太胖了吗？

沈竹言看了眼手表：“时间差不多了，我该回去了，要一起走吗？”

“不顺路。”

“OK。”沈竹言举手投降。

走之前，他顺着封烬的目光看了一眼，其实他也早就看到季小觉了。而此时瘦小的季小觉正被一个肥硕的男人挡住，偶尔露出半张脸。

他倒是很放心，不仅仅因为季小觉是警校的学生，而是因为眼前这个酒也喝完了，账也付完了，一脸别扭还不肯走的人。

沈竹言大概是今晚最开心的人，他不着痕迹地笑了笑：“走了。”

季小觉面前的男人就是刚刚休息室遇到的胖子，这人说来喝酒就是在揩油，再加上是陈洲讨厌的人，季小觉现在真想一桶二锅头浇得他屁滚尿流，实在是谨记着不能在季施简的场子惹事这一点才忍住了。

“小美女这样跟刚刚完全两个感觉，清纯女学生摇身变成热辣小野猫，真的令我惊喜。”

季小觉红着脸道：“你再说话我报警了！”

“怎么，警察连成年人的生活都要管啊？”他笑得一脸横肉，说，“来杯威士忌。”

“卖完了。”

“卖完了啊，可惜了，不过我家有，要不去我家……”他说着，眼看着肥手就要搭上季小觉的肩头。季小觉立马警觉地抓住他的手腕，反手一折。

可是对方跟她的体型差距实在是太明显了，她袭击失败，反而被他一下子从背后抱着带进怀里钳制住：“哟，这么激情啊……”

浓烈的汗味像是绳子一样缠在季小觉所有的感官神经上。她挣扎不开，甚至觉得自己都快窒息了。

可是……

一股熟悉的气息宛若游丝一般，是落在干涸土地上的细雨。季小觉瞬间就放弃挣扎了。

胖子还意外怀里的小猫怎么忽然就没力气了，下一刻肩膀就被人碰了碰，他刚回过头一杯酒水就泼到了自己脸上。

随之而来的是让他措手不及的怀里一空，胳膊一折，脸上一拳，然后整个人没了重心踉跄着摔在了桌子上，绊倒了一堆的酒瓶子。

封烬拍了拍手，朝着旁边的路久抬了抬下巴。

路久本来刚结束贩毒的案子，派人把人送到局里，自己准备好好休息一下就接到了封烬的电话，只有两个字，回来。

他还以为什么大事儿呢，回来一看就这个……

他比了个 OK 的手势，走到胖子面前，拿出警察证拍了拍他的脸："先生，有人报警说你偷车，跟我们走一趟呗？"

于是，这位胖子稀里糊涂地连揍他的人长什么样子都没看清，就被警察带走了。

季小觉看清眼前的人，他很生气。

于是，她完全没了刚才的气势，下意识地往后退了两步，还不小心撞到了酒架："老大……"

封烬一言不发地坐下来。

他接过了旁边的侍应生递过来的手帕，慢条斯理地擦了擦手上沾的酒水，完全不像刚揍过人的样子。

反而像个……季小觉咽了下口水才敢继续腹诽，像个嫖客。

尤其是当他把目光移到季小觉身上的时候，那讽刺的语气：“生意好像不错？”

季小觉反应了一下，他该不会认为自己是在这里陪酒的吧。

季小觉紧张地拽了一下自己的裙子边儿，发现自己现在这副样子也确实不好解释。于是，她灵机一动，给封烬倒了杯白开水，暗示自己纯净无瑕，说：“老大，您喝水。”

封烬垂着目光扫了眼那杯水，还是拿起来了：“想清楚了？”

季小觉一开始还没有反应过来，过了会儿才知道他说的是之前那句“想清楚了再叫我老大”，季小觉闷了会儿才开口：“我们今天就别说这个了吧……”

封烬握着杯子的手顿了顿，放下来：“那就是没想好了。”

“……”

“既然这样的话我不打扰了，你在这里过得应该也不错。”封烬的语气从头到尾都冷冷的。他说完就准备离开。

封烬站起来的时候，季小觉猛地拉住了他的手。

封烬看了一眼，好的不学，坏的倒是一学就会，例如揩油。

季小觉发誓，她真的是无意又恰好抓住了他的手，要怪只能怪他的手也太契合她的手了。可是当两种温度在指间交错融合之后，季小觉厚着脸皮不想松开了。

她低着头，不去看那张光影交错着淌过的轮廓，在封烬喊她放开之前开口，说：“封烬，我没看见你还好，一看见你就觉得这些日子里，我好像一直都特别想你。”

封烬愣了一下，看着连头都不敢抬的人。

喜欢就喜欢吧，有什么不好承认的。季小觉终于说服了十分之一的那个死不承认的自己。

她鼓起勇气抬头，在看向他眼睛的一瞬间，忽然“啪”的一声，整个酒吧的灯都灭了。

停电了？

全场一瞬间陷入了混乱之中，然后陆续有微弱的手机灯光亮起来。舞台那边也没了歌声，全是大家纷杂的惊恐声，保安正在努力维护秩序。

季小觉咬牙切齿，什么时候停电不好，这个时候停。她好不容易营造的气氛瞬间全没了。鬼知道封烬下次愿意听她说这么多话是什么时候。

季小觉不甘心，仗着黑暗动口型：“虽然你脾气差、性格臭，除了长得好看一无是处，但我就是喜欢你。”季小觉认为，人都是有缺口的。尤其是封烬这样的缺点造成的缺口宛如一个黑洞那么大的人，只有她的喜欢，才能恰好填满这个缺口。这叫契合。感情都是一种契合。

“你嘀嘀咕咕地在施法吗？”封烬的声音清晰而沉静，把所有纷杂于耳的声音都变成了背景音。其实他心里忽然有一种自己也说不清的感觉。

季小觉赶紧闭上嘴，又说：“我要能施法，我早美梦成真了。”

“哼。”

季小觉又听到了那熟悉的听着讨厌不听想念的冷哼声。

而封烬已经换了话题：“这里以前晚上停过电吗？”

季小觉愣了一下才反应过来：“没有啊。”

她四处看了眼，人群稍微安静了些。因为陈洲正在舞台上清唱安抚大家的躁动。不过还是有些不听歌的人从包厢出来嚷嚷着瞎叫。

“对了，我去看看电箱那边。”季小觉站起来，“老大你就待在这儿别动，太黑了我怕我待会儿找不到你。”

封烬“嗯”了一声。

季小觉逆着出来的人群往酒吧最后面走。穿过一条狭长的走廊，到里面已经没有什么人了。她举着手电筒，停在走廊尽头，整个酒吧的供电设备和备用的发电机都在这个墙柜里。可是当她毫无防备地打开电箱门的一瞬间，她完全没了思维意识，只是下意识地尖叫。

一个人就这么直挺挺地从里面倒了出来，冰冷僵硬的身体靠在她身上，是个死人。

“啊——”

凉意从脚底漫起，季小觉反应过来之后猛地松了手。人砸在她的脚边。她手足无措地往后退了一步，下一刻便跌入一个温暖的怀抱。

“季小觉。”封烬把她的头按在自己怀里，声音有股令人镇定的魔力，“好了，没事。”

3.

死者是 Ending World 的前钢琴手，也就是晚上还在休息室出现过的女人。

死因初步判断是触电而死。

酒吧已经恢复供电了，季小觉在看清死者脸的时候打了个冷战。明明三个小时前还趾高气扬地出现在自己面前，谁知道现在就躺在自己的脚边。

封烬注意到季小觉的表情，问：“你认识？”

季小觉点头，又摇头，说：“朋友的……以前的朋友。”又说，“三个小时前……我们见过面。”

现场很快被封锁了起来。酒吧的客人和一些不必要的侍应生都遣散了，只留下季小觉和一些警察。

封烬戴上他们递过来的白手套。

从现场的痕迹来看，没有明显的犯罪痕迹，也没有不符合正常环境的地方，除了顺着墙柜流出来的酒水。

应该是酒水泼到了电路上，引发人体触电身亡。

走廊的两边是包厢，从监控的角度看来这边是死角。好像任何人都有嫌疑在作案后随便混在来往的人群里消失。

封烬蹲到尸体旁边又仔细地看了一遍。暂时看来，除了电焦的痕迹并没有其他伤痕，但是具体也要看法医那边的结果。而死者指甲里的东西，是皮肤组织？

季小觉看着封烬认真的样子。男人沉浸在自己擅长的事情里的样子最迷人了。

她不由自主地走到封烬身后。

其实她并没有完全走出刚才拥抱尸体的阴影，但她必须让自己冷静下来。

她不想封烬一直觉得她是一个很没用的人。她必须是可以站在封烬旁边的人，哪怕是身后也没关系。既然喜欢了，就要更有勇气。

“老大。”季小觉忽然郑重其事地喊了一声。

封烬站起来，摘了手套。他一直都知道季小觉过来了。封烬看了她一眼，问：“没事了？”

这忽然的关心让季小觉受宠若惊，于是刚刚给自己塑造的冷静形象瞬间没了，又开始词不达意：“其实我也……没那么怕，就是刚刚事发突然嘛。”

谁知季小觉又过分解读了封烬的意思。

他莫名其妙地看了着她，然后问：“打开电柜门的时候有发现什么吗？”

季小觉有点儿蒙，而且她不记得。

封烬对于她的反应一目了然，一边走又一边说：“你好像总是能在案件与真相之间蹚出一道河。”

季小觉刚刚还被封烬捧到天上的心没飘多大会儿又被扔下来了。这人真的很恶劣。季小觉说服自己不跟他计较，然后说：“可是开门的一刹那，我闻到很浓的酒味儿。”

“如果我没走错的话这里是酒吧，我不开门也闻到了。”

“不是。”季小觉站到封烬面前拦住他，目光坚定地看着他，“你必须相信我！”

“相信你什么。”封烬不留一点情面，“你说坏事的能力？”

季小觉懒得辩驳，空口无凭，她知道封烬不会在意她所谓的保证，他要的是证据。

“味道是由分子构成的，如果把不同的味道也就是分子转化成数据进行编码分类的话，我可以闻到死者生前接触的大部分人。”

封烬整理了一下她这段非常不严谨的话，大概明白了她的意思。

“所以你打算把今天晚上出现在这里的所有人都闻个遍，然后让死者和他连线？”

季小觉愣了一下，好像确实得这么做。她忽然没那么有底气了，小心翼翼地看向封烬：“不可以吗？”

“所谓天赋之所以是褒义，说明它是用来简化问题的，而不是把问题复杂化。”封烬的目光落在她头顶那个傻气的鬏儿上，觉得它非常扎眼。

……

季小觉无话可说，恰好这个时候陈洲过来了。

封烬的脸色越发冷凝，他转身走到另外一边，喊来几个警务交代事情。

季小觉暂时还没察觉到封烬的情绪，因为她不确定陈洲是否知道死者是他以前的成员。她走上前，喊道：“陈洲哥……”

“他们跟我说了情况，你有没有事？”

“我没事。”

“那就行。”陈洲拍了拍她的头。

李余方随后过来，听声音应该是帮忙应付了许久，声音有些疲惫：“陈洲你带她先回去吧，这里我在就行。”

他话音刚落，另一道声音就插了进来。封烬走过来，面无表情道：“她可能暂时不能回去。”

季小觉这才意识到封烬的情绪有点儿不对，可是她完全不知道为什么，只听到语调又沉了几分：“路久，带季小觉回局里做个笔录。”

路久来了吗？

路久气喘吁吁地捂着肚子，他真是一路跑回来的，他的步子都没停妥就听见封烬心情很差的语气，他才应该心情不好吧。

今晚这个地方他来来回回三次了，跟被伏地魔缠住了一样，来了就不让走了。

但他也不敢当着封烬的面发脾气，只敢当着封烬的面调侃季小觉，他走过去，停在季小觉身边，笑道：“好久不见啊，小觉妹妹，怎么着杀人了？”

“我没杀人。”季小觉应了一句，还在想封烬这是怎么了呢。于是问：“那你呢，老大，你还回警局吗？”

“不回。”封烬言简意赅，明确地表达了自己不想说话的思想。

季小觉心领神会，整个人一下子就跟霜打的茄子一样。

陈洲走过来，问封烬：“非得现在吗，要不换个时间？现在都快十一点了，你们警察不休息吗？”

“不休。”封烬依然只有两个字。

“但是我们需要休息。”李余方走上来，站在陈洲旁边。

眼看着剑拔弩张的气氛即将爆发。季小觉赶紧说：“没事，局里我熟，我自己去就行。”

她没法从封烬的脸上看出任何东西。陈洲叹了口气，说："我陪你去吧，反正我们住一起，太晚了你一个人回去也不安全。"

季小觉点头。

季小觉没有回过头。

封烬这个人，看起来隐藏得很深，喜怒哀乐不形于色。其实反过来看，他的情绪又是全写在脸上的。越是生气的时候越面无表情。而心情好的时候一般就会对人冷嘲热讽。所以封烬现在真的很生气。

他看了一眼自己的手，自己疯了才会被季小觉骗到。季小觉怎么可能想他，她都和别的男人住在一起，还换衣服，扎头发。呵！封烬心里冷笑一声。

如果封烬的心里有一扇门有时候会试图为季小觉敞开的话，那么他也能随时完全关上。他向来是一个很有自控力的人，没有什么做不到的事情。

封烬仅仅乱了一分钟而已，一分钟，一切恢复如常，封烬继续投入工作中。

等到收集完证据之后，他从枯月巷出来已经是凌晨一点了，手机响了一声，是路久给他发的短信，说季小觉已经走了，让他不用去局里。

封烬看了一眼，飞快地在屏幕上按了几个字发过去：季小觉是谁？

季小觉老觉得心里乱糟糟的。她跟着路久从"未觉"出来的时候，封烬的样子实在是太让她捉摸不透了。封烬好像很生气，可是他在气什么。陈洲走过来，用冰啤酒的罐子贴在她的脸上，激得季小觉一个哆嗦，同时也清醒过来。

季小觉刚准备接过来，谁知陈洲自己喝了，把桌子上的一杯冷冻的牛奶推到她面前。

“为爱所困的表情。”陈洲一语中的。

季小觉心虚了一下，后来还是坦白了：“不是你让我找一个的吗？”

陈洲笑：“看起来好像还不错，就是跟李余方一样，爱臭脸。等你施简姐回来让她看看，最起码不能让你总这样受委屈。”

季小觉不好意思道：“我没委屈，我就是刚入行，基础有点儿不熟。”

更何况，喜欢一个人的时候，委屈都不叫作委屈的，叫作甘之如饴。

“哎呀，别说我了。”季小觉岔开话题，表情忽然变得正经起来，问，“陈洲哥，你知道今天‘未觉’那件事，死者是谁吧……”

陈洲喝啤酒的手顿了一下，他抿了一大口：“嗯。”

“那……”

季小觉这才觉得他们其实有些过分，人家命都没了，他们还在这里有说有笑……

“你是不是觉得我太冷血了，好歹曾经也算是朋友，现在却能对她的死亡无动于衷？”陈洲拿着空酒罐敲桌子，一声一声地，踩在秒针上。

季小觉并不是这个意思，她能看出来陈洲因此心情有些不好，不然也不会喝酒了。

“只是觉得……”季小觉说，“就是不明白，为什么你们每个人都能把情绪隐藏得那么好。”

陈洲是，唐千叶也是。所以季小觉能看到的永远是一层虚晃的表象，是他们给她打造的象牙塔，然后她理所当然地住在里面。

陈洲有些意外她会这么问，仿佛看穿了他的心思，说：“因为这是生活。生活就是教人怎么藏好自己。

“每个人都有自己的悲伤和难过，谁都不必把伤口袒露出来给谁看。生活不是比惨，是看谁能过得好。更何况，一直做一个开心的人的话，老了之后回想起来，也会觉得这是很好的一生。”

季小觉似懂非懂道:“为什么非要比,我觉得过好自己的生活就很吃力了。”

陈洲想了一会儿，说：“大概是因为收到了太多的祝福吧，他希望我能一直过得好，我希望他能如愿，所以我必须很好。”

所以，归根到底，还是因为爱吧。

陈洲自嘲般地笑了笑。

季小觉理解得很浅显，大概是令人悲伤的话题就不要刻意提及这一点。

“对了。”季小觉移开话题，说，“不是说要写歌吗？我觉得我有头绪了！”

陈洲有些意外，抬眼看向她。季小觉不着痕迹地隐藏了心里那乱七八糟的东西，仿佛逃离似的，却一头扎进了爱情里。

陈洲自然顺着她的来，让她先定了主题，然后等她写个雏形再修改。

两人就这么趴在桌子上写到了凌晨三点半。

季小觉看着旁边一堆废纸，打了个呵欠，说：“对了，你今晚唱的那首歌，我好像没有听过欸。”

陈洲趴在桌子上打盹，声音哑哑的：“那是写给一个朋友的……很久以前我还在街边卖唱。她那个时候大概是闲得慌吧，喜欢砸我场子，不管我唱什么，她都蹲在旁边唱《好汉歌》。”

季小觉愣了一下。

陈洲的声音越发像是梦呓:“明明一个江南的女孩子，好好儿的吴侬软语，不唱什么《秦淮河》，非要唱《好汉歌》……”

不过后来陈洲跟她熟了之后有幸听到她唱过一首《外婆桥》，他就是因为这首歌才灵感顿现，给她写了一首《lThe little little girl》

“可是她……”

陈洲没有说完，仿佛是睡着了。

空气忽然变得无比安静，季小觉呆呆地看着淌在地上的月光。

她终于知道为什么在这里遇到陈洲了。

她那个时候想，如果那晚不是遇到了陈洲，她大概这辈子也走不出那个房子了。现在看来，饶是最后，还是唐千叶拉着她走了出来。

这里是唐千叶外婆的房子，尽管那位老人什么都不记得了。可是他们却一直都在以同样的方式，想念一个人。

Chapter. 2

有且仅有一个你。

1.

季小觉第二天一大早就接到了路久的电话，说笔录不全，可能还需要补一下，让她把陈洲和李余方也带上。

季小觉揉着眼睛敲开了陈洲的门。

最后只有他们两个人去，因为李余方去机场接施简了。

季小觉觉得人生怎么总是一波未平一波又起，这边跟封烬之间没有调节好，那边施简又要回来。到时候一群人聚在一起，还不得把季小觉的耳根子磨破。

所以现在她只能先熬一分钟是一分钟。

季小觉对于警局倒是轻车熟路，陈洲没睡好，跟在季小觉身后一边打呵欠，一边揉眼睛，都这个状态了还能引得一些女警务纷纷注目。她们是大清早的见着奶油小王子满意了，可是季小觉一整天都一副欲求不满的样子，因为她没有看到封烬。而且补录笔录原来真的是补录笔录，不是她自己幻想出来的那种，封烬想给彼此一个台阶下，所以借口喊她回来。

路久出来看到他俩，问："李……余方没来？"

"有事吗？"陈洲打了个呵欠，"你问我是一样的，那天晚上我们一直在一起，除了季小觉换衣服的时候。"

路久抬头，十分诧异地问："你俩什么关系？"

季小觉莫名其妙："朋友啊。"

"什么朋友。"路久十分警觉。他昨晚累得不行，把两人带到警局后交给了别人，所以也没细问。

直到封烬回了那样一条短信过来他才顿悟，老大吃醋呢！就跟铁树开花一样，他还不赶紧抓住机会凑个热闹："男朋友？"

“什么啊……就普通朋友啊。”

路久这人脑袋是不是很闲。

“好了不闹了。”陈洲也有些忍俊不禁，抿了抿唇，很认真地说道，“姑且就当作我是她哥哥吧，小姑娘好不容易情窦初开一次，你们别给她添堵了。”

“OK。”路久无话可说，“哥哥人不错。”

然后两人携手进了审讯室。

季小觉还有点儿没反应过来，怎么好像全世界都知道她喜欢封烬似的。她说过或者表现出来过吗？

她在外面等了一会儿，刚刚两个人的样子看起来也挺和谐，没什么好担心的，所以绕着警局四处转悠了一圈，直到确定封烬今天是真的没来。

而且不过一个月而已，警局莫名多了不少新面孔，大部分是年轻的女孩子。可能是因为到毕业季了，实习生也多。

他们真幸福。季小觉在这一刻忽然萌生出，就算封烬不要她，她也可以来局里当停车场管理员的念头。

不过转眼这个想法就被打断了，旁边的女警务抱着一沓资料还在接电话：“啊！封队长，路队长他好像还在审讯室没出来，我马上给您派个人过来。”

季小觉一听到“封队长”这几个字整个人就跟接上了天线一样，四肢五官都准备就绪。

所以她发誓，自己是故意的。

季小觉不小心和女警务撞到一起，资料散了一地。等女警务着急挂完电话，季小觉已经捡完了，递给她：“封老师那边是有什么事情吗？”

女警务不认识她，眼神谨慎，季小觉赶紧自我介绍道："我叫季小觉，封老师的实习助理。"

既然是助理的话，为什么不直接给他打电话呢，季小觉说完就后悔了。

但好在初出茅庐的学生都是没什么经验的，之前的怀疑仿佛只是象征性地走走过场，现在立马松了一口气，说："太好了，封老师在枯月巷酒吧街那块不知道什么事情给路队长打电话，你赶紧过去找他吧！"

季小觉欣然答应，三十分钟后就出现在了枯月巷酒吧街。

上午的酒吧街跟别的地方不一样，清冷而又寂寥，像是一只正在午休的猛兽，等到夜幕一降临，就会睁开它满身的眼睛。

封烬的电话一直打不通，季小觉先去"未觉"看了看，里面除了值班经理并没有其他人，昨晚的现场还保留着。她蹲在地上看了一会儿，又打开柜子看了一会儿。

不管是顺序，还是走位，连打开柜子碰的地方，都和封烬昨晚的动作一模一样。

她想看看封烬当时在看什么，无非不是一种很好的学习方法，所以尽管有点儿变态，可是本质没错，季小觉在心里宽慰自己。

完了之后，她还给自己拿了一瓶波子汽水，狠狠地吸上一口，无数的小气泡在舌尖炸开，酥酥麻麻的，很舒服。

她正准备走的时候，却听到后面传来一阵叮叮当当棍子落地的声音。季小觉愣了一下，好像是有人在打架。

她犹豫了一会儿，然后三两下爬到了电柜上。那里挂着一幅画，其实后面是一个老通风口，一般没人知道。

但是季小觉以前背着施简来听陈洲唱歌的时候，都是从这里翻进翻出的，所以她轻车熟路，灵活有余。她拿开画之后从通风口一跃而下，然后气势汹汹地落地。

季小觉在极短的时间里还抽空想象了一下自己跳下来的画面，今天发挥的也太好了吧，好像还有点儿帅，除手里的波子汽水有点儿违和之外。

她站起来，背后是千军万马，最起码七个人，个个拿着铁棒，而面前居然是封烬！

这也太巧了吧。可是也太不是时候了吧……

季小觉的表情僵在脸上，她现在这样子就像是从天而降，背后那群人的头目稍微挥挥手，他们就会冲上来把封烬给围了。

封烬看清人之后眼角也抽了一下，仿佛接下来就会脱口而出，你又在搞什么？

季小觉还想问封烬在搞什么呢，她头皮发紧，找准自己的定位，自己是来帮封烬的。于是，她换了个方向，继续站得斗志昂扬。

决斗前的敬辞都想好了，可是一转身，又对自己没了信心。

就算她在少林寺待过一段时间，也打不过这么多人，顶多两个冲破天了。眼看着对面的人气势渐起，马上就要冲过来了。

季小觉立马倒戈，又瞪向封烬，语气凶狠："你干吗来我们这里闹事啊！不知道我们这里野蛮人很多吗？"

“妹子，这人你别管，交给我们兄弟几个足够了。”背后的人一看季小觉从天而降就觉得不一般，但是也不想女孩子插手，于是制止了一句，“这人居然来我们枯月巷偷东西，我看是不想活了。”

封烬站在巷子最前面，侧着身子的样子又酷又帅，战斗力爆棚。季小觉甚至产生了一种他可以以一敌百的错觉。

“季小觉，你是不是喝多了？”封烬漠然开口，一下子就暴露了两人的关系。季小觉心想封烬怎么这么蠢啊，就不能配合一下吗！

可背后已经骚动了，他们举着棒子就要过来：“你们认识啊？找帮手找了个妹子，怎么？是看不起我们枯月巷七大仙啊！”

什么玩意儿啊，季小觉心想现在怎么还有这么中二的人，怎么不说是葫芦娃啊？她也不客气地把自己手里的汽水瓶子往地上一摔，玻璃碎片溅得到处都是，表情尽可能地往封烬靠拢，又冷又酷，仿佛下一刻就要干翻对面。

封烬也是这么想的。可是他还是太高估季小觉了。

刚刚还无比勇猛，一夫当关的季小觉这一秒就举起了手，朝着那群人走过去，声音还笑嘻嘻地带着谄媚：“哎呀，大家卖我一个面子，别在我们家后门闹了好吧，我请大家喝酒。来来来，‘未觉’一日啤酒畅饮券！”

……

封烬看着那群人连同季小觉一起消失在自己的视线里，悠长的巷子也随之清静了不少。

他揉着太阳穴，又看着季小觉刚刚下来的地方，没想到这里还会有个通道。他仔细地又看了一会儿。墙壁上粉刷的劣质颜料早就被晒得褪了色，大概是重刷了好几次。从排气口下面的管道滴出来的水痕冲开了最上面一层，露出下面更深旧的颜色。

他后来回了警局才知道昨天调戏季小觉的那个胖子跟死者是认识的，也是他告诉警察说枯月巷 77 号里有可以证明谁是凶手的证据。

所以封烬先过来了。

却没想到 77 号是一个废旧的老工厂。准确地说，现在已经变成一个乞丐窝了，里面只住着七个流浪汉，不讲什么道理，也不管是不是警察办事儿。

封烬一开始并不知道这个废工厂还是有人住的，进去的时候没注意，找东西的时候也没注意，所以立马被一群人给追打出来了。

至于证据什么的，他没找到，现在也很头疼。

可是现在还有一个很奇怪的地方，那个胖子为什么知道证据在哪里？又或者说，他是不是一开始就知道死者会被杀？

他确实有作案动机，但是昨天晚上案发时间内他在公安局，没有作案时间。

封烬摩挲着指腹，在原地站了一会儿。他没有跟上季小觉，而是朝着相反的方向走了。

2.

季小觉其实没胆子把人随便往酒吧里带，还是这么大一群人，而是绕到酒吧门口看到李余方的车子之后，她才意识到，季施简回来了！季施简在的话她就更不敢去了，除非她想死。

可现在什么情况啊，前面是季施简的排斥力，后面是枯月巷七大仙的推动力。季小觉觉得自己夹在中间也是死路一条。

正准备开溜的时候，她就听到有人喊自己的名字："季小觉。"

季小觉万般无奈，僵硬着身子回过头。

站在酒吧门口的女人身材高挑，五官精致，一头万年不变的黑长直，可最惹人注目的是那一双腿，笔直修长。

季小觉觉得造物主在塑造季施简的时候，一定是刚吃过一顿完美的晚餐。

窗外晚风宜人，他挽起袖子，如同雕刻一件艺术品一样，慢条斯理，不缓不急，连掌心的纹路都要精心确定过走向再下手，从而有了一件完美的产物。而施简从来都是美而不自傲，她一路走到现在，仰仗的从来都不是自己的外貌，而是自己的性格，也就一个字，恶。无论何时都宛如杀手的眼神，令人无不闻风丧胆。

季小觉扯开一个笑："施简姐……好久不见呀……"

"三秒时间滚进来。"

季小觉一抖，说："施简姐，他们是我们公司帮忙做事的人，我能请他们喝个酒吗？"

"你们什么破公司需要找枯月巷的乞丐帮忙？"施简总是能一眼拆穿季小觉，"再看看你现在什么样子，拿根棒子就把自己当黄蓉了是不是？进来！"

背后那群人估计也是被施简的气场给吓得说不出话来了，季小觉小声道歉。他们摆摆手，嘴上骂骂咧咧的，可是也不敢做什么，只好自讨没趣地走了。

季小觉趁机四处看了一眼，并没有看到封烬的身影。

季施简不知道什么时候在里面摆好了桌子，跟个审判台一样，给她安排了个凳子，自己举着酒杯坐在前面，气势优雅从容，不慌不忙。

季小觉觉得她应该去当警察，专门逼问犯人的那种："说说你最近做的烂事儿吧。"

"施简姐，我在学校很好，就算遇到什么事情你看我自己都能处理好了。现在也顺利毕业，还找着工作了。"

季小觉就怕她跟自己算账，一口气全说完了。

施简知道她不想谈那件事。回来之前，陈洲也打电话跟她说过，让她别提这件事。但是她实在忍受不了季小觉的傻。

"季小觉，我好吃好喝把你养大，是让你出去被别人三两句当傻子骗的吗？"

"我没有被骗，也没人把我当傻子……"季小觉反驳了一句，下一句又仿佛失了神，"心甘情愿的事儿能叫被骗吗？"

至少……季小觉觉得，唐千叶教会了她很多东西。

"你说什么？"

"没！"季小觉坐直了身子。施简哼了一声："那说说你说的工作，在国企当保安？"

……

季施简从一开始就反对季小觉读警校，后来填志愿的时候，季小觉背着她改了学校。她当时气得差点儿跟季小觉断绝关系。

后来季小觉道歉了，也保证自己毕业后绝对不会从事警察相关的工作，两人关系才稍微缓和了一点儿。

可是怎么说呢，当警察是季小觉的一个执念，而季小觉看起来摇摇摆摆没什么原则，其实是一个很固执的人。

但是她也确实当不了警察。封烬都这么说了。

“就……总裁助理。”季小觉挺了挺胸膛。

“是吗？”

“是。”的确是，季小觉肯定地想，封烬一天到晚跩得二五八万似的，估计也以为自己拿错剧本演总裁呢。

可施简一耳朵就听出来了季小觉的鬼话：“过两天总裁非你不娶爱你爱得死去活来，总裁妈给你三个亿离开她的儿子，你还得权衡利弊一下不愿意。”

“施简姐……”季小觉实在没辙了，“就普通总裁，长得又丑又矮又胖，总裁妈给我一百个亿让我嫁给他我都不会愿意的。”

施简放下杯子，吓得季小觉一个激灵，沉默是在给季小觉最后坦白的机会。

季小觉咽了口口水，都快哭了：“施简姐，我哪里敢骗您啊……”就在季小觉实在忍受不住这眼神的拷问，差点招供的时候，李余方拿着电话从休息室出来了。他的表情看起来有些沉重，是不同于以往的沉重。

施简也意识到了，目光从季小觉身上移过去：“怎么样了？”

“我去接一下陈洲。”

季小觉举手：“我一起去。”

“你给我待在这里！”施简喝了一句。季小觉立马㞞了：“那你们早点儿回来……”

季小觉这么一待就到了晚上，“未觉”今天还不营业。她一个人百无聊赖地趴在吧台上，看着街道上的人来人往和其他酒吧里的灯红酒绿。

隔壁传来谁撕心裂肺的吼叫声，听得她耳朵都要木了。

可是她却在这个时候忽然看到了沈竹言。他停好车，大概是准备直接来“未觉”的，却发现酒吧关门了，站在门口愣了一下。

季小觉好不容易等到个说话的人，赶紧跑到门口招手：“沈老师！”

沈竹言的目光落回来，这才透过玻璃发现黑黢黢的屋子里还有个人。季小觉赶紧打开灯，玻璃上印着自己的脸，还有沈竹言缓缓走过来的身影。

他停在季小觉面前，敲了敲玻璃，有些好笑：“怎么被关起来了？”

季小觉也解释不清楚：“你等等！”然后飞跳着从凳子上跑下来，去求季施简安排监视她的值班经理那里拿钥匙。

值班经理其实也就是一个毕业了两三年的艺校女学生而已，以前沉迷于被星探发掘圆自己堕落的偶像梦，最近沉迷于手机斗地主。

大部分人活着都是这样，志存高远，脚踏实地，最终都会被淹没在生活的琐碎里，理想变成了今晚能赢一万欢乐豆。

她朝着门外瞟了一眼，把钥匙递给季小觉：“你可别害我啊，施简姐发现我就死了。”

“知道了！”

沈竹言在门外，看着这个蹦蹦跳跳跑进跑出的女孩子，有些无奈地笑了笑。本来还想问问她怎么样的，现在看起来不错就不必再提起之前的那些事情了。

季小觉带着沈竹言坐下来，给他倒了杯黄油啤酒，自己拿了瓶波子汽水，问道：“沈老师，你怎么有空来这里了。”

“昨天过来巡逻的时候碰上了封烬，和他一起待了一会儿，看到你的时候刚好有事，没顾上打招呼就走了，所以今天过来道个歉，顺便看看你。”

原来沈竹言昨晚也在这里，季小觉点了点头，看沈竹言有些疑惑的表情，于是主动说了昨天晚上这里发生命案的事情。

沈竹言意料之中地没什么表情，事不关己。

不过也是，对于他们这种人来说，命案见多了，命案这两个字的侧重点就会从“生命”移到“案情”上。

他尝了一口黄油啤酒，黄油的香和啤酒的苦中和成一种非常合适的味道，他用舌尖碾过了后槽牙，然后说：“封烬在这里的话，应该没什么问题。”又问，“你昨天见到他了吧？”

提到这个，季小觉就又有些不开心了。沈竹言还以为是小姑娘被案子吓到，安慰了几句。

可是季小觉忽然眼睛一亮，看着沈竹言道：“沈老师，你能带我出去吗？”

沈竹言疑惑了一秒，又笑道：“出去？所以你还真的是被关在这里了？”

“也不是……”季小觉简单地解释了两句。可沈竹言越发不明白了，目光围着酒吧转了一圈，他问道：“季施简……是你姐姐？”

季小觉愣了一下。她其实并不想回答这个问题，低着头也不知道该怎么说，讷讷道：“不是亲生的……”

“抱歉。”沈竹言瞬间明白过来了，他搁下杯子，没想到这一点，说，“以后不想说的可以直接拒绝，是我问太多了。”

“没有，没有……”季小觉摇头。

沈竹言“嗯”了一声，然后看了一眼吧台那边的女生，跟季小觉确认过之后站起来。

他稍微整理了一下刚刚松开的袖口，精致的袖扣在灯光下折出耀眼的一道光，这光仿佛淬在了他的眼睛里。

季小觉看着他的背影，不知道怎么却想起了封烬。

沈竹言很快就回来了，喊了两声季小觉才听见，笑道：“怎么睡着了一样？”

季小觉回过神来，十分诧异沈竹言的执行能力。可转念一想，看了眼女经理放下手机盯着这边看的样子。也是，谁能禁得住沈竹言这种人的诱惑。他体贴、温柔，会在吃西餐的时候给你拉椅子，吃烧烤的时候耐心地擦烧烤签上的灰。

他知道怎样审时度势，在什么时候该做什么事，说什么话，该怎样拿捏自己的表情和行为，其实一切都是计算好了的。

沈竹言没有问季小觉要去哪里，将车子直接开到了竹港区警局。停下来的时候还一脸无辜地道：“我以为你想来见封烬的。”

“不是……”季小觉解开安全带，找了个冠冕堂皇的借口，“因为我朋友被带来录口供，现在还没回来，我太担心才想过来看看的。”

“嗯。”沈竹言点头笑了笑，不置可否，“那你去吧，我就不进去了，学校还有事情，有什么问题给我打电话。”

季小觉目送着沈竹言离开，终于松了口气。

其实她一直觉得沈竹言是一个很奇怪的人。像他那样的人，优秀，聪明，近乎完美，为什么要去迎合别人，来塑造自己。

3.

季小觉的轻松和逃脱束缚的喜悦并没有持续多久。她来了警局才知道，李余方被拘留了，原因是有人指证他是凶手，而证人就是前鼓手，那个胖子。季小觉看到胖子的时候，他坐在外面大厅，满脸青紫的痕迹，嘴角还有没干的血。大概是李余方打的。

可问了路久才知道，人是陈洲打的。

“陈洲呢？”季小觉这才发现他和季施简都不在这里。

路久没来得及说话。

封烬从楼上下来，季小觉的注意力立马被吸引了过去。

大概是刚刚见过沈竹言的精致到一丝不苟的衣着和状态，此刻看封烬竟觉得有一丝凌乱和颓败。

领带随意地扯开一段，衬衣扣子解了两颗，右脸似乎还有些红，仔细看能看见脸颊的指甲划痕，都见血了。

季小觉心里蓦地一抽，走上去，关心道：“封老师，你……”

“没事。”封烬看到她的时候愣了一下，“有事吗？”

季小觉一时之间忘了自己有什么事，支支吾吾：“我……”

“陈洲去医院了。”封烬不等季小觉问，说道，“要找他的话不在这里。”

季小觉一开始的初衷确实不是陈洲，可突然而至的变故实在是太多了，她无暇解释，只好问道："到底发生什么事情了，李余方怎么可能是凶手啊，那天案发时你也看到了，他在台上唱歌啊！还有陈洲哥……"

季小觉终于意识到封烬的眼神，和以往看她的时候都不一样，于是到了嘴边的话也说不出口了："老大……"

封烬问："季施简是你姐姐？"

季小觉立马有了种不好的预感，点了点头。

"沈竹言说过你是孤儿。"

季小觉心里咯噔一下，开口道："那是因为……"

想解释又不知道怎么解释，封烬等了她一会儿，看出来她没打算坦白，于是叫了路久过来，把季小觉交给他："我还有事，先走了。"

季小觉试图叫住他："你是不是觉得我是个骗子。"

可没人听到她这句话。路久还以为她担心陈洲，在旁边安慰道："放心吧，陈洲没什么事，就是跟人打架的时候被那胖子砸到了脑袋，流了点儿血，被你姐送去医院了。还有你姐真的好猛，进来以为是我们老大干的，转身给了他一耳光。"

季小觉沉默了一会儿，说道："你觉得封烬会是那种迟钝到连一耳光都躲不开的人吗？"

"也是哦？"路久陷入了沉思。

除非是他自己甘愿，季小觉低着头拿脚尖蹭着地面，不知道在想什么，蓦地又抬起头，眼里跟淬了光一样，问："我能见见李余方吗？"

所谓的证据是一段录音，里面是李余方的声音，对那个女人说——“我要杀你很简单。”

“就这样？”

路久补充道：“死者的指甲里检测到了李余方的皮屑组织。”

季小觉还想说什么，可是忍住了。封烬说她感情用事，她不想一直是封烬觉得不好的那种人。

李余方看起来并没有什么异样，或许他本身就是一个喜怒不形于色的人。

“余方哥……”

“陈洲呢？”

季小觉不确定他知不知道陈洲被打了，但是隐隐觉得这件事还是不告诉李余方比较好，便说：“陈洲哥……正在和路久解释当时的情况……”

“医院。”李余方不留余地地拆穿，表情里还有些许不耐烦，“我现在没事，你去陈洲那里看着吧。”

“可是……”

“我确实说过那样的话，也动过那样的心思。”李余方站起来，走了两步又停下来，说，“季小觉，不管怎样，这事不要牵扯到陈洲。”

季小觉坐在凳子上愣了一会儿，才意识到李余方是在请求她。在季小觉的认知里，李余方这样的人和封烬是一样的。他们内心高傲，从来不会有求于人，更不会对谁妥协让步。

可是现在的李余方丢了他所有的武器和铠甲，有求于她，妥协于冤。

因为陈洲，和不曾知晓的真相。

季小觉还没来得及打电话给陈洲，季施简的电话就打过来了，语气非常不好，问：“季小觉，你现在在哪儿？”

“公安局……”

“见封烬？”

季小觉心想自己猜得果然没错，季施简和封烬一开始就认识，至于其他她就不知道了。

她一路心怀忐忑地去了季施简的住处。在枯月巷和清水桥之间的一栋小别墅里。

陈洲也在，看起来确实没什么大碍，额头上贴着一块纱布，手腕上也缠了一圈绷带，靠在凳子上玩弄着手中的啤酒杯，光影在酒杯里流动，心事全淌在他眼里。

季施简抱着手坐在沙发上，正准备挂电话：“行了，不说了。”然后就这么看着季小觉。

“施简姐。”

“后缀去掉直接叫我季施简吧，我们不熟。”

季小觉心里一酸，她不知道自己哪里得罪季施简了，明明她才是很委屈的那一个，她害怕季施简和封烬有什么关系，怕得要死。

“我跟你怎么说的，不要跟警察扯上关系，你怎么做的？背着我读警校，背着我进警局，还跟着那样的人，怎么？下一步是不是要背着我跟他结婚啊？”

季小觉摇头，可什么都不敢说。季施简脾气不好，生起气来说话没有分寸，再难听的话都讲得出来，再决绝的事 都做得出来。所以季小觉真的不敢再气她了。

后来季施简自己说累了，只留下一句警告：“季小觉，封烬不是你以为的那种人，他不会给你任何你想要的东西，你趁早放弃吧。”

季小觉垂着头，她想了一会儿，发现自己其实并没有什么想要的。

季施简上楼之后许久，陈洲才过来，递给季小觉一杯水，说道：“抱歉，刚刚不在状态，没帮忙拦着。”

季小觉觉得自己也挺废的，明明李余方和陈洲出这么大的事，她却还在儿女情长。她接过水，说道：“陈洲哥，我刚刚在局里见过余方哥了，他挺好的。”

“我知道。”陈洲扯了扯嘴角。季小觉看着他额角的伤，说道：“那你这个……”

“破皮而已。”陈洲笑了笑，“走吧，喝完我送你回去。”

他眨了眨眼，这话是说给季施简听的，要是季施简现在知道季小觉住在什么地方的话，估计真的会把季小觉打死。

陈洲开的是李余方的车。他一路都没怎么说话，一直到车子停在那栋旧楼前。

他没下车，也不开口。

季小觉有些担心这样的陈洲，却又不知道该怎么安慰。正犹豫的时候，陈洲却说话了：“季小觉，你知道吗？我有时候也怀疑凶手是李余方。”

季小觉嗓子一紧，忙说道：“怎么会呢？余方哥不是这样的人，而且如果连你都不相信他……”

陈洲自嘲般地笑了一声，打断季小觉：“就是因为太相信他了，相信他……什么都做得出来。”

季小觉不确定是不是自己听漏了几个字，因为陈洲后半句话实在是太轻了，轻得宛如一声叹息。

那天晚上，季小觉又做了那个梦，梦见自己被追着打，而那双骨骼分明的手，和游走在每一个指关节的打火机，全部来自封烬。

第二天，季小觉醒得很早，而且立马把季施简昨天的话当作耳边风了，她收拾了一下就去了警局。

不知道为什么，她总觉得今天局里格外繁忙。

季小觉悄悄跑到封烬的办公室，刚准备敲门就听到路久和封烬对话的声音。她其实不是有意要听的，只不过听了两句就了解了个大概。

封烬根据现场痕迹分析，他发现凶手其实并不是李余方。凶手是从通风口逃走的，但是那个通风口对于李余方来说实在是太小了。但也不表明这个案子与李余方无关，因为那天晚上，在季小觉和陈洲一起去换衣服的那段时间里，李余方和死者确实单独相处过。

“所以现在应该从死者入手？”路久的声音响起，“我调查了一下，死者以前跟他们一个乐队的，后来价值观发生问题，就散了，然后死者一直住在……什么枯月巷77号，据说是个乞丐窝？”

“我去过。”封烬说，“但是那群人不怎么好惹，也不怎么好骗，没办法进去。”

“你当然没办法，就你这样人家哪敢跟你交心啊。”路久调侃道，“要不我安排个人去探探吧？”

“这事先不管。”封烬的语气忽然严肃起来，“我觉得这次的案子和上次的案子有什么关系，但是具体是什么关系又说不上来，而且没有找到明确证据。”

路久听得稀里糊涂的，无语道：“那你说个什么啊。”

封烬冷冷地看了他一眼，路久闭上嘴。

封烬继续说：“上次的案子也许凶手不是唐千叶也不是祝安根，而是有人预料到会发生什么，事先将木桩松动过，制造了一场完美的意外。”

“为什么这么说？”

“木桩与地面连接的地方，水泥碴儿是硬扯起木桩而散落的，而不是因为时间久远自然松动的。”

“那跟这次的关系在哪儿？”

封烬沉默了一会儿，说：“酒吧前几天的电检记录中有电路老旧这一点，你能明白吗，就好像有人在前面挖好了陷阱，然后看着后面的人往里跳，包括我们。”

路久沉默了许久。

封烬又说了什么季小觉没听见。

她正奋力贴着门想听清楚一点的时候，门蓦地从里拉开，季小觉一个踉跄才站稳。

路久站在门边：“季小觉，你干吗呢？”

季小觉慌乱得像是一只掉进陷阱的小鸡，扑腾着翅膀，讷讷地道：“我找老大。”

季小觉擦了一下手上的汗。

封烬抬眼，从里面看过来，脸上看不出什么情绪，只说：“有什么事情，你说。”

“我……”说什么。季小觉想了一会儿，反正自己听墙脚也被发现了，索性义正词严，“你不是说了李余方是无辜的吗，为什么还不肯放人！”

封烬没说话，连路久也沉默了。气氛一瞬间变得有些说不出来的奇怪，季小觉偷看了眼路久，他居然给季小觉悄悄比了个大拇指，大概意思应该是还没人敢这么跟封烬说话。

封烬沉默了好一会儿才开口，一边看桌上的资料，一边说：“如果只有这件事的话出门左拐专案科备案申报。”

季小觉咬着嘴唇，其实她就是想来见见封烬，昨天一晚上的辗转反侧，落点是有他的梦，连梦都要有他才安稳。

“其实我是想问你跟季施简的关系。”

封烬顿住，脸上的疤痕颜色浅了一些，不像昨晚那样猩红，面无表情地说：“我和她不熟。”

季小觉松了口气，压在心上的一块巨石终于被拿开了，连她自己都没有意识到自己的情绪转变有多大。

可是还没开口，封烬又补充了一句：“跟你差不多的样子。”

Chapter.3

在这个世界尽头。

1.

枯月巷很久以前确实是一个工厂区。后来随着城市规划，厂房全迁到了郊区或者城乡结合的地方，这里就废置了下来。

后来又不知道被谁看中了，改造成了酒吧一条街。所以许多酒吧在之后的装修里还保留着以前老旧工厂的风格。

77 号在这条街的尽头，大概是市场饱和，它是唯一被遗留下来的，所以 77 号依然保持着原来的样子。它破败腐朽，仿佛随时都会被时间侵蚀；脏乱的废墟，与这个地方格格不入。

可是一路走到尽头的时候，会发现这个地方的每一栋新建筑又都无一不透着它的影子。

那是过去留给现在不可磨灭的印记。

大抵就像是人一样，过去永远不会过去，它会一直存在，延展在生命里的每一个细枝末节之上。

季小觉有些吃力地抱着两箱啤酒停在 77 号门口。这里是没有门的，又或者以前有过，现在只剩下一个空荡荡的大口子。

她清了清嗓子，喊：“有人在吗？”

季小觉的声音撞在墙壁上荡了好几个来回，依然没人应，又喊：“那个，请问，七大仙在吗？”

“干什么的？”季小觉听不出来声音是从哪个角度传来的，好像是3D立体环绕。

“我来给你们送酒喝的。”

这句话说完才有人出来，一个黑影从一根半倒的石柱子上一跃就下来了，敢情是直接睡在石柱子上啊，然后门旁立马窜出一个人，一张大脸凑过来，吓了季小觉一跳。

“是你！”对方先发问，“你跟上次那个男的什么关系？”

“哪……哪个男的。”

“你还装傻？”对方语气一沉，背后立马出现六个身影，其实他们虽然自称乞丐，但也不是真的乞丐，个个精壮勇猛。

要么金链子脖子上挂，要么劳力士腕上戴。

季小觉咽了下口水，镇定回道：“情人，后来被酒吧老板娘发现我不搬酒天天偷情，就把我赶出来了……”

她踢了踢地上的箱子，说道：“所以走的时候老板娘就给了我这些，差不多是我所有的家当了。暂时也没找到住的地方，我能不能先在这里借住一晚……”

季小觉这一番话说下来自己都不信，偏偏他们热泪盈眶。其中一个落泪：“大概是天意吧。”

毕竟键盘手之前也住在这里。他们并没有什么忌讳的，拉着季小觉喝了点儿酒说了些话之后，就直接让季小觉住在了键盘手以前住的位置。

这是在工厂的角落特地圈出来的一个小房间，里面放着一张榻榻米，四周连同天花板上都贴了粉色的墙纸，墙上还挂着彩灯，钉着几张乐谱和照片，照片里有钢琴手，还有七大仙，都是咧嘴笑的表情。

仔细看的话有两张照片是叠在一起的，季小觉心里疑惑了一下，想着七大仙还在这里，就没敢随便动。

“别看弹钢琴的看上去流里流气的，其实内心也不过一个小女孩儿，明明自己非要住在我们这里，还强迫我们给她照着网上布置这么一间屋子。不过还不错吧？”

季小觉点点头，对方继续说：“你今晚就住这里吧，虽然我们这屋没门没窗的，但是安全指数还挺高，你不用担心。”

“那就谢谢你们了呀……”

“不用谢，不用谢，反正明天就有人要来收拾这间屋子了。”

“谁啊？”季小觉随口问了句。

可对方的答案让她很吃惊：“好像是弹钢琴的哥哥吧，我们也不知道哪里冒出来的，但是弹钢琴的出事以前确实跟我们说过，她哥哥明天早上会来接她回家，谁知道人就没了。”

“算是我们没有照顾好她吧，所以我们心里都很愧疚。今天帮你也是见你挺像她的。”

季小觉心里一软，算是明白了什么叫作铁汉柔情。于是刚刚心里仅存的对陌生人的防线瞬间就没了。可实际上，她心里还挺想对方有点儿恶意的，一是提高自己的警惕意识；二是希望封烬明白，她可是为了他的一句话冒着生命危险来帮他破案的。可一想到这人居然说跟她不熟她就来气。

大概是刚刚喝了点儿酒，这会儿气急攻心，完全没了理智。她掏出手机来的一瞬间，封烬的号码就拨了出去，完全没顾忌现在已经是深夜两点半了。

她没指望封烬会接电话。所以在低哑的一声“喂”如同一阵清风一样刮过耳郭的时候，她以为自己在做梦。

“封烬，你睡了吗？”

那边沉默了一下，问：“季小觉，你在梦游吗？”

“我要是梦游的话我早说我喜欢你了。”季小觉并没有觉得这句话有什么不对。可那边忽然又没声儿了。

“封烬……”季小觉以为封烬睡着了。他却用他越发沉哑的嗓音继续问，“所以现在呢？”

“现在就是想你了。”季小觉嘿嘿笑了一声。

封烬不为所动，直接道：“挂了。”

“哎，你别啊！”季小觉拦住他，委屈道，“我现在一个人在这里可害怕了，你能不能不要挂电话？这样我出事了就可以第一时间喊你的名字。”

“你在哪儿？”那边窸窣了一阵，封烬好像从床上坐了起来。

“我在床上。”季小觉在床上翻滚着，手上摸到一个什么东西。她坐起来，拆开枕头，里面居然有一个黄色的 U 盘。U 盘上的花纹……

“……”封烬并不知道季小觉在干什么，只是语气越发沉，“季小觉，你是不是又喝多了？”

“我没有喝醉，我在帮你破案！要是真喝醉了就更危险了！”

季小觉看着手里的东西，正准备开口。外面就一阵窸窣的动静，季小觉心里一惊，反倒是自己不小心把电话给挂了。有人敲门，问：“还没睡吧？”

季小觉被这么一吓清醒了一大半，结巴道：“有、有……事吗？”

“我们刚刚出门买了些吃的，你要不要出来一起？”

季小觉想拒绝，可是如果不出去的话他们肯定会怀疑她在里面搞鬼吧。

“哎，好的。”季小觉应了一声，看着墙壁上的一堆照片，手脚利落地跑过去把下面两张拿了出来。

没想到是李余方和陈洲的合照，同样是咧嘴笑的样子，可季小觉从来没有见过这样子的李余方。

“好了吗？”

“好了，来了。”季小觉把照片放进口袋，顺便仔细看了眼墙上钉着的乐谱以及桌子上搁的那些五颜六色的娃娃。

大概是混娃娃圈的人。

季小觉出来的时候，他们已经搭起了土锅煮火锅了。

上面吊着摇摇晃晃的小土灶，下面烧的是柴火，噼里啪啦的声音在这样的夜里显得格外温柔。

“其实弹钢琴的人不错，对我们七个也好，走的那天坐门口发钱，点名一样，你看我们这身行头都是她送的。”

季小觉有些奇怪，这种跟交代后事一样的感觉是什么意思，难道她知道自己那天会出事吗？

“她那天走之前跟你们说什么了吗？”

“那玩意儿说半天我也没听懂，你们漂亮姑娘人都有文化，说什么玩意儿又搅舌头又难懂的，我当时只顾着调手表去了。”其中一人说道，“对了对了，我记起来了，说什么我要出发去找最爱。”

季小觉不明白，难道她喜欢……李余方？

可是……她心里咯噔了一下。其中一个递了个碗过来，说道：“别想了，快吃吧，吃完天该亮了，人也就该来了。”

季小觉一门心思都被这事儿缠着，就这么毫无防备地接过了碗，察觉到不对劲的时候已经晚了。

手腕一松，碗掉在地上，摔成了碎片，季小觉愣了一下，抬起头看着门口的几个人影。可是怎么都看不清，她只是下意识地觉得，要跑。

季小觉踉跄着步子往后退了两步，可腿一软，直接坐到了地上。旁边的乞丐们想扶她又不敢扶，季小觉狠狠咬着嘴唇，手在地上胡乱地摸索着，然后捡起一块碎片，紧紧地捏在手里，用刺痛感让自己清醒一些。

面前的人渐渐逼近。

季小觉站起来，下一秒转身开始狂奔，或许是那些乞丐帮忙拦了一下，所以她稍微甩开了一些距离。可是很快就被追上来了，枯月巷酒吧街后面的巷子又多又深，季小觉不知道哪里是安全的。

她早就应该发现的，晚上出来的时候他们七个人变成了六个人，季小觉当时只顾着键盘手的事情也没有多问，只当他有事去了。

现在想起他们欲言又止的样子和愧疚的表情，大概是那些人抓了其中一人来要挟他们吧……

季小觉觉得自己已经跑不动了，眼前的路都是摇摇晃晃的，她甚至已经看不清下一个路口在哪里了。季小觉撑在墙上喘息。

下一秒，胳膊上一紧，有人将她一把按在拐角的墙上，另一只手为了防止她乱叫捂住了她的嘴。

等到季小觉反应过来是谁的时候已经晚了，她已经狠狠地咬上了他的手，然后借着月光看着他不甚清晰的轮廓和紧皱的眉头，喊出了声："封烬……"

封烬咬牙："你还真的是狗啊！"

季小觉眼眶一热，眼泪都没酝酿好，人就晕了过去。

封烬为了不让她滑下去只能搂住她的腰，女孩子软绵绵地趴在他怀里，呼吸很轻很细，扑在他的颈窝像是一片羽毛一样。

"季小觉？"封烬哑着声音喊了两句，然后打了个电话，"小鱼，我找到她了，嗯，过来接一下我。"

封烬挂了电话之后，才听见什么滴落在地上的声音。

他握着她的手拿起来一看，狰狞的伤口像是在一块白布上刻意划开的刀痕一样。他的心微不可察地颤了一下，但是连他自己都没有意识到这一点。

他现在，仅仅是觉得很生气。

2.

季小觉醒过来的时候是在医院里。

她眨了眨眼，回忆起自己发生什么之后下意识地开始找封烬，可一个“封”字在唇缝里还没吐出来，就被季施简给压了回去。

“喊啊？”

季小觉生硬地转开话题：“扶一下我，谢谢。”

她知道不管怎样自己都免不了一顿骂，所以索性乱来了。等季施简发完脾气她才解释。

“因为我想证明余方哥的清白，那个弹钢琴的之前在那里住过一段时间，我想着肯定会有什么线索才去的，跟封烬真的没关系！”

季小觉义正词严慷慨激昂，季施简居然难得地没继续骂她，而且看脸色好像也没那么生气，季小觉松了一口气。

看着自己被缠成木乃伊的手，跟陈洲都快同款了。

季小觉刚想问陈洲怎么样了，季施简却忽然开口，说：“你知道我为什么不愿意让你当警察吗？”

季小觉抬头，看着季施简的侧影。

……

门外封烬只听到最后一句——“跟封烬真的没关系！”

他双眸沉了沉，昨晚那句傻乎乎的“我在帮你破案啊”还在耳边余音未绝。他强迫自己的精神世界安静下来，却发现到处都是季小觉的声音。

他甚至都没有发现旁边的人是什么时候走过来的。

是上次追他的那群人之一，封烬一眼就认出来了。对方也认出他来了：“你不就是那偷情的偷情对象吗？”

旁边几个护士侧头看过来，封烬闭了闭眼让自己冷静下来，回道："不是。"

"嗨，我知道是你，也知道她可能是瞎编的，但我们都这么喊人的，弹钢琴的就叫弹钢琴的，偷情的就叫偷情的，反正就随便认识几天，我们又没什么文化，就都这么叫了。"

他说着："昨天的事儿是我们对不起她，关键是我们也有苦衷，这是她昨天落在我们那儿的包，我就没脸见她了，你帮我们归还一下。"

封烬接过来，看了一眼，忽然问："你们是替谁做事的？"

对方愣了一下，说道："什么替谁做事啊，我们就一群乞丐，能做什么事啊，您可别瞎抬举我们了。"

说完像是逃命似的，快步离开了。

封烬在原地站了会儿，看着手里的包，还没来得及关好的侧兜里，有一个黄色的东西。

封烬拿出来，看着U盘上的那朵花纹，眼神越来越沉。

他把包交给了护士，然后打了个电话："小鱼，醒了吗？我待会儿送个东西过来，可能得花点儿时间。"

这边封烬刚走，那边季小觉就出来了。

季施简踩着十厘米高的高跟鞋走在前面，季小觉像只犯事儿的小狗一样跟在后面。

刚走到护士站，护士就把包送过来了："刚刚有位先生送过来的。"

先生。

季小觉心跳一停，季施简也回过头来，眼神宛如刀子一样划过她，但是没说什么。

可是下午回了枯月巷，季小觉立马就知道季施简为什么一整天都没骂她了。

季施简酒窖仓库门一开就把她给推了进去，然后关门，上锁，直接道：“在这件事情解决之前你就待在这里吧，反正你也喜欢住仓库。”

季小觉使劲儿拍门都没用，而且自己手还伤着。

酒库就在枯月巷酒吧一条街后面，一般几个酒吧的普通藏酒都会一起放在这边，地方很大。有时候会有守酒的人在这里住几晚，所以基本的衣食起居在这里确实是能正常进行的。

但是季施简该不会是真要把她关这里那么久吧。

季小觉左右转了圈，明知道没有可能还是徒劳地想找个出口。最后只好放弃，坐在地上，用不知道从哪里拿的粉笔在地上写写画画——

《季风》

你是风吧。

吹乱了我的头发我的步伐，

我折一枝花，跟她说情话。

话里绵绵有你的甜，

……

这是那天晚上季小觉瞎写的词，没写完就算了还被陈洲全盘给否定了。

她边写边念，嘴上嘀嘀咕咕也不知道在说些什么：“封烬个二五仔，究竟什么时候才会开窍啊？”

“你叫我？”一道声音插进来，季小觉吓得一个激灵，下意识地想挡住自己写的那些乱七八糟的东西，情急之下只能自己一屁股坐上去。

然后，她惊魂未定地看着封烬：“老大，你怎么在这里？”

封烬气定神闲地看着她：“我看见了。”

“什么？”季小觉意识到他说的什么之后，面不改色，“这个是施简姐让我罚抄的打油诗，我小学三年级的时候写给我同桌的情书，怎么样，是不是还行？”

封烬抿了抿唇：“是吗？”

他没再说什么，季小觉站起来拍了拍手，问道：“你还没说你为什么会在这里？”

封烬在这里是因为那个U盘。里面的东西除一些与案件相关的证据之外，更让他在意的是一串数字，按照经纬度来理解的话，显示的定位就在这里。他想知道这里究竟有什么，所以过来了。

在这之前，他花了好久的时间破开了那串数字所要表达的意思。然后在酒库极其隐蔽的地方，找到了死者的一些私人用品以及一张照片，是死者的全家福。

封烬在看到这张照片的时候想了许久，才记起死者真正的名字应该叫封青青。如果没错的话，应该是他名义上的堂妹。因为没有血缘关系，虽然封烬五岁以前在他们家借住过一段时间，但那以后就再也没有见过面了。他几乎已经不认识这个人了。更不知道她为什么会离家出走改名换姓。

可是，为什么刚好会是她。

封烬正在思考的时候，就听到了季小觉的声音。她被关了进来？

他走出去的时候，季小觉正趴在地上写什么乱七八糟的东西。他也没想到她会忽然喊出他的名字。

这些封烬都没有解释，他只是问："你昨天是去找 U 盘的？"

"原来真是你给我送的包啊，那你为什么不进来啊。"季小觉的重点永远跟封烬不在一条线上。

封烬有些头疼。

季小觉又说："谢谢你昨天晚上救了我。"

封烬愣了一下，他以为季小觉会怪他，放任她于危险之中。他张了张嘴，假装漫不经心道："不会白救。"

"嗯，当然。"季小觉偏着头，"从今以后，命都是你的。"

我也是你的。这半句季小觉没敢说。可她已经开始规划找什么样的机会告诉他这句话了。

她美滋滋地爬到一堆酒桶上面，居高临下地说："其实，我小时候就喜欢待在仓库里玩，喜欢趴在高处，偷看对面二楼的人。"

她说着，眼神忽然暗了一下："后来……就不喜欢了。"

封烬心里顿了一下，知道她说的后来是什么。

他跟着爬上去，手里不知道什么时候多了两杯酒："陪我喝一杯？"

“为什么？”季小觉有些意外，“你不开心吗？”

“没有。”封烬自顾自地开始喝了起来，其实封青青的事情并没有让他有多难过的情绪。而现在让他一颗心不宁静的，是季小觉。

他开始有些担心接下来知道真相后的季小觉。

封烬看了眼她的手，问：“手还疼吗？”

季小觉愣了一下：“不疼。”

然后，她又问：“对了，那李余方的案子是不是已经快找到凶手啦，凶手肯定不是他，对不对？”

封烬看着她的眼睛，沉默了许久，问：“季小觉，你知道杀人的动机有什么？”

季小觉不明白封烬的意思，她想了一会儿，说：“很多啊……为钱，为情，为仇……”

结果想了半天也只能数出这三种。

封烬的声音淡淡的：“U 盘里的东西我看了，是一些照片。”

“嗯？什么照片。”

“陈洲和一些女人的。”封烬停顿了一下，似乎在寻找合适的措辞，因为那些照片实在是太……不堪入目了。

季小觉一顿，觉得手腕一酸，差点儿握不住东西。

她明白封烬所说的意思，她想说不会的，陈洲是绝对不会做这种事情的。可是这样说出来的话也是毫无根据的主观臆断。

“陈洲不是这样的人……”

“我知道。”封烬目光平视着前方，刚好能从墙上的高窗看到对面二楼的酒吧包厢。窗帘被拉开，里面的人毫不遮掩地做着赤裸的事情。

不管是照片还是视频，陈洲都是被逼的那一个。

季小觉准备顺着他的目光看过去，却被封烬捂住了眼睛。他正欲开口，却觉得手心一热，像是蝴蝶在手心流了血。

季小觉闭着眼睛，语气有些绝望：“不是这样的……以前都不是这样的……陈洲哥……”

她终于知道那天听漏的几个字是什么了。就是因为太相信李余方了……

因为李余方为了陈洲，什么都做得出来。

3.

其实最初的 Ending World 并不是因为价值观产生分歧才解散，是因为情。

封青青喜欢陈洲，拿李余方要挟他和自己在一起。陈洲拒绝了。

她从小就是被娇惯着长大的，只要是自己想得到的，还没有得不到的。

一年前 Ending World 解散的前一个月，她约了陈洲去她家，说是新曲的事情。实际上，她已经准备好了一切。

在她看来，陈洲那样的人，只要把生米煮成熟饭了，其他一切都好说。可是那天去的是鼓手，和她发生关系的也是那个她从来都瞧不起，甚至有些厌恶的胖子。

她恶心透了，一度想死。

与此同时，她也知道了陈洲和李余方的关系。

她不甘心，后来买通了枯月巷牛郎店里的一个牛郎，掉了包，把被下了药的陈洲换了进去。

那些照片就是那个时候拍的，而且……不止一个女人。

或许是同样的一件事情，但是存在于不同的人的人生里就有各自的轻重缓急。

陈洲为此患上了抑郁症。整整五个月待在那个房间里没有出门一步。他惧怕每一个向他靠近的人，包括李余方。

陈洲打他，骂他，甚至拿刀划过他。一场病下来，李余方身上的伤不比他少。不过好在是好了。

一切仿佛回到了以前，直到那天封青青又出现在他们面前。

她这次不要陈洲了，她要的是名气。Ending World 以及陈洲写的歌，这是一笔巨大的财富，也关系到她是不是能拉下脸回家。

因为当时是她说要追求梦想离家出走的。

可是对于李余方来说，这个世界上的什么都可以拿走，唯独两个不能碰，一个是 Ending World 这个名字，另一个是陈洲。

偏偏，她又一次触到了李余方的底线。三个月前，她拿着 Ending World 这个名字和陈洲的曲子出了道。当时确实因为那首歌激起了不少水花。

可是娱乐圈更迭都是一朝一夕的事情，她写不出来什么好曲子，观众也不会等她。

所以那天，她出现在“未觉”，为的是要拿到陈洲写的歌，而筹码是那些肮脏的照片和视频。

其实要知道这些事情并不难，Ending World 的任何一个资历老点的粉丝都能知道其中的纠葛，只是稍想过没有肯定过李余方和陈洲之间的关系而已。

而现在一切浮出水面，李余方确实有足够的理由杀人。

饶是这样季小觉也不肯相信，她看向封烬，问：“可是没有证据对不对，没有证据的话一切都是空谈，对不对？”

“是。”封烬说，“但是你要准备好证据随时都会出现。”

季小觉张了张嘴，说不出话来。

她终于知道挪亚方舟是什么意思了，挪亚方舟出现的时候，是末日，也是救赎。

这是陈洲要说的。

酒窖的门被打开，路久站在门口喊了声：“老大！”

封烬站起来，以往他可以走得干脆。可现在他也不知道自己为什么会犹豫，他想开口说些什么，又觉得人还是不要有什么牵绊比较好。

他只问了句：“要出去吗？”

季小觉摇头：“你先走吧，不用担心我。”

“嗯。”

一直到晚上的时候，季施简才过来，而这期间季小觉一直保持着封烬离开时的姿势没有动过。

季施简喊了她好几声，季小觉站起来的时候脚麻，不受控制地直接从三米多高的酒桶堆上滚了下来。她身子底子好，没出什么事情，但是还是没忍住抱着季施简哭了出来，她问：“我是不是以后看不到余方哥和陈洲哥一起唱歌了？”

季施简心里一沉，她果然知道了。

季施简进来看见酒桶上的人影就觉得不对劲，她抱着膝盖，缩成小小的一团，那样子好像又回到了几年前，她从那次事件死里逃生之后的样子。

但是毕竟不是几年前了，那时候季施简因为无知和慌乱，差点儿毁了季小觉。所以她现在不允许自己有任何的失态。

她仅仅是一声一声地喊着季小觉的名字：“季小觉。”可是季小觉掉下来的那一刻，她还是慌了。

季施简痛恨一切把季小觉打回原形的人和事。而在看到酒桶上两杯啤酒的时候，她几乎是不受控制地，就想到了封烬。

仅仅是猜测而已，可是心里的怨气就在这一瞬间找到了确切的落点，把一切都归咎于封烬。

不然的话，季小觉可以一辈子都不知道这些事情。

“不会。”季施简让自己镇定下来才回答季小觉的问题，“李余方已经出来了，没什么事。”

“真的吗？”季小觉的眼睛终于有了些神采。她总有办法让人于心不忍。饶是季施简这样铁石心肠的女人，她点头道：“是。”

季小觉终于有了一种守得云开见月明的感觉。她擦了一下脸上的泪：“施简姐，谢谢你。”

“不用。”季施简垂着头，眼睫低垂。

“脚还麻吗？”

季小觉试了下，说：“不麻。”

“摔得疼吗？”

“不疼。”季小觉隐隐觉得有些不对，刚刚让她感觉有一瞬间柔软的季施简忽然又可怕了起来，整个人的气场都冷了几分。

果然，季施简面无表情道：“封烬忍心把你丢在这里？”

季小觉一愣，她怎么会知道。

“季小觉，你究竟记不记得，封烬是谁？”

季小觉愣了愣，摇头：“不记得。”

“那为什么是他？”

季小觉想了想，依然摇头：“就是他了。”

季施简没再说话，仿佛叹息：“可我恨他，你好自为之。”

季小觉或许记得封烬。乌羽塔里那个把她从火里抱出来的人就是他。季小觉在一开始就知道了。

但是她不知道季施简为什么这么讨厌他。

她出来之后先给陈洲打了电话。可是是李余方接的。

于是一肚子话忽然就不知道该从哪里说起了，她支吾了许久，问：“余方哥你没事吧？”

“没事。”李余方声音很轻，“陈洲睡了，有什么事的话明天再说吧。”

他说完准备挂电话，季小觉叫住他：“李余方，真的是你做的吗？”

那边沉默了许久，最后说：“季小觉，明天大概是 Ending World 最后一次唱歌了。”

季小觉愣了一下：“他知道吗？”

“他只知道不会再有 Ending World 了。”李余方说完挂了电话。

季小觉许久还回不过神。她抬头看着头顶的月亮，明亮皎洁，或许有人会在看见它的时候去想象它原本是怎样荒凉丑陋的一颗星球。但是她不想做那样的人。

它既然竭尽全力展现出自己最好的一面，那就没有不好的一面。

4.

第二天，“未觉”照常营业，和以往的每一天没有任何差别，甚至没人知道这是 Ending World 最后一次唱歌了。

来枯月巷的每个人都是矛盾的，他们看上去都快乐无忧，眼睛里却又写满了哀愁。

至于 Ending World，在乎的人很快就会忘记，不在乎的人压根儿不会提起。所以李余方觉得没必要说什么，更何况不管是 Ending World，还是哪首歌，从来都不是为了别人而存在的。

季小觉来的时候陈洲正在前面吧台喝酒，他看起来没有任何不对劲的地方，依然是之前的样子，招呼着季小觉坐过去，甚至给她倒了一杯黄油啤酒。

季小觉忽然觉得，遗忘不是一个人的事，而是身边所有的人都能帮忙不再提起。

所以，她大概终于学会，怎么隐藏自己的情绪了。

季小觉在他对面坐下来，笑嘻嘻地说：“陈洲哥，我词快写好了，马上就能给你检查了。”

“是吗？”陈洲笑，“到时候请你上台唱，应该很多人会喜欢。”

季小觉自然听得出来陈洲话里的心不在焉。

她低着头，看着杯壁上不断炸开的气泡，问：“余方哥不是不让你喝酒吗？你再喝他待会儿又说你了。”

陈洲笑了声，眼底温柔满溢：“没事，他舍不得跟我吵……因为他知道我是个多么笨拙的人。”

酒吧里的灯影幢幢，变幻莫测，照着每个人脸上的表情都无处遁形。

陈洲说：“季小觉，我给你说说李余方吧。”

季小觉后来才知道，对于这个时候的陈洲来说，回忆是一场告别，他想把有关这个人的一切从脑海里剜出来，就免不了在此过程中和他一起再过完一生。

陈洲遇见李余方，是在二十上下的年纪。

那个时候，陈洲在枯月巷确实是火过一段时间，也很快就消弭了下去。

因为他写的歌多半是一个风格，时代想要淘汰这样的一个人是很简单的一件事情。

陈洲当时难过的不是没有观众这件事，而是他写不出来什么好歌，只能每天坐在舞台上浑浑噩噩地唱着大同小异的旋律。

李余方就是这个时候忽然出现的，陈洲在后来无数次回想起李余方的出现，总觉得是一场天赐的盛宴，他是从天而降灵光乍现。

李余方那天喝了很多酒，醉倒在角落里不省人事，一直到酒吧快打烊了清场的时候，陈洲才发现他。

他试图叫醒李余方，可是这人迷迷糊糊看了他一会儿之后，一拳打在了他脸上。理由是他唱的歌太难听了。

很难想李余方会有这么不成熟的时期。

所以那个时候的陈洲也完全在状况外，看着李余方踉踉跄跄地出了酒吧，一条笔直的大路被他走得摇摇晃晃。

陈洲也记不清，他那个时候为什么跟了上去，为什么会担心这么大一男人的安全。

还好李余方没有醉到不记得自己是谁，陈洲问到了他家地址，把他送回了家。

本来打算丢进屋子里就走的，可是陈洲看到了铺满了整间屋子的废纸，上面都是写了一半的曲子，像是只有一只翅膀的蝴蝶。

美，却飞不起来。

他不记得自己在李余方家待了多久，等到李余方清醒了一些，他才趾高气扬地站在李余方面前，指着李余方的鼻子说：“我唱歌不是为了你听着好不好听，为的是能不能挣点儿钱活下去。你可以有你崇高的热爱，但不能看不起我的低微。”

那个时候的陈洲还年轻，和大部分人一样喜欢比惨，把自己的经历和委屈全挂在嘴边。

博取同情是其次，主要是，总是天真地觉得谁过得比较惨一点儿就能离成功更近一点儿。

陈洲走的时候并不确定李余方有没有喝断片儿，记不记得发生了什么事情。

也不是没有想过李余方会再次出现在他面前，那天天气不错，酒吧人也挺多。陈洲唱完一首歌停下来的时候，就看到了李余方，他太好认了，而且坐在同样的角落。

不过他和那天落魄的他宛如两个人，今天的他整个人都透着一种猎鹰捕食食物的气息。

陈洲自觉走了过去。

李余方环手靠在凳子上，好整以暇地看着他，问：“陈洲？”

“不好意思，陈岁洲。”这才是陈洲的原名，只不过为了图方便，一般就把中间那个字给省了。李余方好笑，拎着一张纸，说道：“所以这个借条无效？”

“借条这种东西本来就没什么法律效力。”

陈洲心里确实有点儿虚。他昨晚走的时候拿了李余方满屋子的纸中的一张，一宿没睡，补完了另外半边曲子，顺便填了词。就是他刚刚唱的那首。

他不否认，这首歌让他找到了唱歌的初心。

李余方好笑道："你凭什么觉得拿我的东西不用付出任何报酬？"

陈洲揉了揉嘴角，像是故意把伤痕坦露给李余方看似的："这就是报酬。你打我一拳的医药费，换半首被你丢掉的曲子，便宜你了。"

他说完转身欲走，因为实在发虚。

可李余方叫住了他："不如再加一杯酒？"

陈洲回头，李余方笑："我请你。"

Ending World 是一个月后组建起来的。

李余方说："你帮我补完所有的曲子，我送你一个梦。"

"什么？"

"Ending World。"李余方念出这两个单词的时候正单膝跪在陈洲面前帮他调音，陈洲能看见他的头发，发丝很硬。他们说这样的人心肠也很硬。

可是李余方忽然抬头，陈洲看见了他的眼睛，是柔软的，因为里面倒映着自己。

"要吗？"

"要。"

李余方笑了，他站起来，拿起桌子上的外套，走到门口的时候才说："出道曲我来写吧。作词作曲不再是 L & C，而是 Ending World。"

其实陈洲最开始的时候觉得 Ending World 这个名字并不好，正在毁灭的世界，仿佛在预示着什么。

可是后来才知道李余方的意思。Ending World 不是正在毁灭的世界，而是和你一起走向世界的终结。

出道曲就叫《Ending World》。

后来加入两个人是意料之中的事情，陈洲当时也没想那么多，他认为 Ending World 是收留一切热爱音乐的乌托邦。

当时由于乐器原因确实需要一个键盘手，陈洲选择了封青青。毕竟一开始她确实是热爱音乐的，只不过没有抵过欲望。

陈洲也没想到自己会被这种欲望破肚开膛，而末日会这么快到来。

不过也好，开始是《Ending World》，结局是《挪亚方舟》，谁都没有死于末日。

陈洲说完之后看着季小觉，无头无脑地说道："你不知道因为你，我这一生多如意。"

季小觉醉醺醺的，胸口是满涨的酸涩，也不知道坐在旁边的人是什么时候换成封烬的。

大概是喝醉了，眼前的所有人都变成了他，她醉醺醺地捏住他的脸："陈洲哥，你为什么越来越像一个人？"

封烬没有挣开，她手上也没什么力道，只是拿了她手上的酒，问："像谁？"

季小觉扑过去，俯在他耳边，悄悄说："像我喜欢的人。"

封烬只觉得耳郭一阵酥痒，像是有片羽毛落在了心上。他抓住季小觉的手，把她按着坐好："看来你心情还不错。"

他还以为她会难过得哭起来，所以过来抓人的时候他差不多是迫不及待地找到她。

季小觉根本没法儿分辨出来封烬在说什么，自顾自地自言自语："声音也像！"

"别动。"封烬按住她，"再动上手铐了。"

季小觉眨巴着眼睛，好像是终于看清眼前的人是谁了，愣愣地就哭了出来。

封烬心头一软，怎么说哭就哭了。

季小觉趴在他怀里，哽咽道："封烬，我好难过啊。陈洲哥说难过的事情要自己藏起来，不要给别人看到，可是我真的好难过。"

她反反复复就这么一句话。

因为她知道，李余方杀了人，陈洲假装不知道。

他们心照不宣地不提起，但是都在等待这一场末日的离别。

"封烬……"

"没事，我看。"封烬说，他其实不太会安慰人，说什么都被误解成说教。所以他尽可能地让自己的声音柔软下来，"季小觉，顾及太多人的人生自己反而会活得力不从心，你要多想想自己应该怎么开心地活。"

"像你一样吗？"季小觉忽然说道，"封烬，你不觉得这样很自私吗？"

封烬被堵得哑口无言，可也是不该说话的时候了。

舞台上的声音静了片刻，然后就是陈洲的声音，一如往常："谢谢各位今天的到场，我们 Ending World 的新歌，《挪亚方舟》，送给末日。"

然后是舒缓的吉他前奏。

季小觉在这音乐里缓缓抬头，看着舞台上的两个人，镁光灯耀眼又刺目，照在他们身上，连发丝都在闪闪发光。

那是隔绝于这个世界之外的，天作之合。

季小觉又毫无征兆地哭了起来。

封烬深呼一口气，他可以做到不忧任何人所忧，不喜任何人所喜，可是季小觉靠过来的那一刻，他很快否定了这个答案，大概，要除她以外。

“季小觉……”

“封烬。”季小觉打断他，“能不能请你，给他们多一点点的时间，不用太久，几分钟就好。”

演出效果和往常一样，没有任何人看出来这是一场道别。外面依旧歌舞升平，觥筹交错。欢声笑语之下有难掩的落寞。

但是没有人会在意。

于是后台的休息室里仿佛另一个世界。

陈洲背对着门，正在拨弄琴弦，说是给季小觉的歌。门开了又合上，他弹错了一个音。

李余方一言不发地走过来，蹲下来帮他调音，像是最开始那样。陈洲忽然有种时光回溯的感觉，所以在对上李余方眼睛的那一刻，他忽然想哭。

“还有什么要说的吗？”李余方看着他。

“……”

“真的没有？”他等了许久，最后笑了一声，站起来，声音变得轻描淡写，“那行……”

“祝你岁岁平安。”陈洲的声音很小，像是一个倔强的小孩子。

李余方大抵有些没听清，他侧头：“嗯？”

陈洲看着他的眼睛，一个字一个字，又说了一遍：“我祝你，岁岁平安。”

不知道为什么，在说完这几个字之后，他忽然有些释怀。

本来以为过往的岁月已经变成令人唏嘘的一片废墟，却没想到，岁月堆叠起来的残骸也能化作春泥，过去连同现在，一起护你，往后岁岁平安。

这便是我所有的希冀了。

李余方明白，他低下头，额前的碎发遮住了眼睛，握紧了的拳头又松了下来，然后轻轻笑了一声，说：“好。那我也祝福你吧，祝你年年有余。”

“嗯。”

陈洲看着他的背影，被一扇门隔开。

祝福永远只能是祝福，谁都知道，他走了之后，他年年余下的，都是思念。

三

世界尽头的你

封烬，我要是能活着回来，
我就跟你表白。

Chapter.1

老大，我觉得你在季小觉面前，特别像……
禽兽。

1.

日子循环往复，快得有点儿没心没肺。

陈洲依旧在 Ending World 驻唱，季小觉没见他去监狱看过李余方，只知道他每周都会给李余方写信，不说别的，就说一些日常。

偶尔还会提到季小觉。

不过季小觉自认为自己最近已经老实了很多，并没有出现过什么大岔子。

陈洲说季小觉是忌惮于季施简，季小觉还不信。后来季施简一出国，季小觉就跟烧开了的水一样躁动。

季小觉拖着行李箱站在封烬家门口，并不觉得这是自己的原因。

起因是两天前。

季小觉出去买完晚餐回来发现家里围着好几个警察，她还以为是陈洲出了什么事。结果对方是借用位置监视对面楼里的罪犯。

陈洲说对面楼里以前住的就是那个鼓手胖子。

后来胖子失踪，现在还下落不明。前段时间房东说胖子每隔一段时间会回来一次，但警察每次明堵都扑空，所以只能暗中观察了。

季小觉若有所思，恰好警察征集的就是她的房间。那个铁窗是最佳观测点。

季小觉其实并不在意这个，只是想到自己又有半个月没见到封烬了，总觉得自己在他的生命里可有可无。

想到这里，她不免有些低落，房间被占用，她坐在客厅吃杧果。吃完了忽然想到什么。

她端了杯水送给人民警察，笑嘻嘻地道："辛苦了。"

"嗨，没事儿，干我们这行的这样还算轻松。"对方完全看不出来季小觉一脸目的不纯的样子，反而觉得小姑娘又贴心又温柔。

季小觉问："那你们队长不跟着一起来吗？"

"队长有时候会来盯会儿。但是毕竟事儿比较多吧，也不常来。"

"哦——"季小觉若有所思地点头，直奔主题了，"你是白竹港警局的？"

"嗯，怎么？你认识我们？"

"封烬。"季小觉一点儿都不矜持，"是这个名字吧？他之前办案的时候让我借点儿钱给他，不过也就小钱啦，不足挂齿，他后来也帮了我不少忙，差不多抵消了。"

"哈，封队长啊！"小警察一拍大腿，"我知道，但他技术科的不负责案子只负责机动，我们是路队长！"

"路久？"

"可不是嘛，你咋都认识？"

封烬确实不负责现场监视这样的事情，但是他来了。

路久电话里说自己在现场发现了不得了的人，但死活不说他在这里看到了谁。刚好封烬在附近，就过来了。

封烬皱着眉看着眼前这栋楼和没法儿下脚的泥面路，并不觉得这里会有什么自己在意得不得了的人。

路久拉他进车里，说了会儿案子的事，封烬认为他是在恶作剧：“路久，你是不是想死？”

“我死了，你就得单身一辈子了，老大，你想清楚了。”路久威胁道，又说，“她刚出门，现在估计快回来了。”

“我枪呢？”

“来了，来了！”

封烬不耐烦地顺着路久的目光看过去，是季小觉。虽然他早有这样的预感。

季小觉拎着塑料袋，蹦蹦跳跳地踩着泥面路上铺的几块石板，像是在跳舞。她过得不错。这是封烬的第一反应，随即立马意识到问题，问道：“她住这里？”

“应该是。”路久得意扬扬道，“如果我没猜错的话，刚好住在我们驻点的房间，我查了下，房主是唐千叶的外婆，因为不是合规矩的租赁，租户的信息登记得也不全，所以没法儿肯定，但八九不离十吧。”

路久分析完，见封烬一直坐着没动，脸色看起来非常不悦。

“要不上去看看？”路久建议道。

谁知封烬一口拒绝了：“不用。”又说，“我是个非常自私的人，她的事跟我有什么关系吗？”

路久不知道封烬为什么刻意加重“自私”这两个字。他笑：“老大，你什么时候对自己认知这么清晰了啦？”

封烬瞪了他一眼。

路久赶紧瞥开眼，恰好驻点的小警察下来了，应该是到了换班时间，手里还拿着一袋芒果。

小警察坐到车里，没注意到后座有人，更不知道是封烬来了。

他只顾着兴冲冲地把杧果分给路久，还说道："房子里的小姑娘说认识你，硬是要我带两个杧果给你，说对你的繁忙聊表慰藉。"

"哈，是吗？"路久像是故意嘚瑟似的，拿起来的时候特地从封烬眼前绕过，"我确实认识，关系还不错呢。"

小警察这才意识到封烬也在这里，赶紧问候了一句，可多了这么个人，气氛很明显没了刚刚的愉悦。

"我们小觉还有说什么吗？"路久拉开话题。小警察犹豫着要不要开口，见路久肯定了就说："还说到封队长了……"

"是吗？"

封烬的目光也移了回来，小警察继续说："说我们封队长欠她钱，让我什么时候见着了封队，记得提醒他还钱。"

车厢一时之间陷入了沉默。尤其是封烬，很不开心。

路久没忍住笑出声："怪不得小觉会住这样的房子，敢情是有人不还钱给人家呀。"

封烬拿出手机按了一下，说："我跟刘队长提了一下，你最近空闲比较多，青山区那边的案子也交给你负责。"

"老大，我帮你，你还阴我啊？"路久一副浪翻了的表情。可封烬压根儿不理他了，打开车门下去。走了两步又回头，他敲了敲车窗，勾勾手。

“干吗啊？”路久防备地捂住自己胸口，“别想跟我借钱。”

封烬索性自己把一袋杧果给拿出来了，然后又看着副驾驶上的小警察，说道：“你在她家抽烟了？”

小警察宛如被放上了断头台。

封烬说得没错，而且作为警察在人民群众家里抽烟确实不应该，刚刚完全是聊嗨了，他吓得不行：“对……对不起……”

等封烬走远了，路久才开口：“没事，这家伙就是别扭，给自己找借口呢，你别担心。”

说完，路久喊了一声封烬。封烬停下来，路久还装模作样地道：“我命令你！代表我们警察去跟人民群众好好道歉以及道谢！她不原谅你你就别回局里了！”

回头，路久又跟旁边小警察说：“虽然有前辈去替你道歉，但是你检讨还是得写啊，哪有搞监视去跟人聊天的，还抽烟？”

季小觉听到门铃的时候还以为是警察交班来了。

一开门眼前的人却是封烬。她下意识地关上门，自己是不是癔症了？

封烬头一次被人关在门外，脾气很差，语气也不怎么好：“季小觉，开门。”

还真是他啊！

季小觉这才打开门，看着他：“老……老大……你该不会是沦落到来搞监视了吧……”

封烬把手里的杧果又扔给她，季小觉莫名其妙，可封烬那架势分明就是一句义正词严的——不拿老百姓一针一线！

季小觉抬头，封烬四处看了一圈儿，拧着眉，问：“你住这里？”

季小觉大方地打开自己的房门：“哪能啊，我就住这个房间，外面公用的，隔壁别人的。”

封烬站在门口往里看了眼，沉默片刻，说：“不好意思，打扰了。”

“封烬！”季小觉叫住他，“你就是来嘲笑我的吗？”

封烬本来准备出去，又停了下来，回头道：“我笑了吗？”

“你！”

“季小觉。”这次轮到封烬打断她了，“我一开始就说过，不要企图用自身的境遇来博取同情。”

他上下看了眼她：“而且你也没什么值得可怜的地方。”

封烬说完就走了，季小觉许久才反应过来，对着门大喊：“封烬你！”

季小觉想了半天，只能跟自己赌气：“我不喜欢你了！”

封烬站在门口，刚拿出手机，听到季小觉的声音之后愣了一下。许久才走。

第二天又是那个小警察来。季小觉今天倒没心思攀谈了，趴在阳台上观望了一会儿，车里的人也不是封烬。

小警察摸了摸口袋，最后咬咬牙摸摸鼻尖走了上来。

季小觉说：“你要是想抽烟的话就抽吧，我不介意。”

“不行！封老师说过，”小警察今天忽然之间就变得特别根正苗红，“我作为人民警察应该以身作则，吸烟对人民不好，我们不做危害人民的事情，而且烟蒂有可能引起火灾！”

季小觉被他宣誓一样的发言震得一愣一愣的，但是很快就抓住了重点：“封老师啊……”

她又说：“封老师脾气那么差，性格又不好，你为什么要听他的？”

季小觉也就随口一说，没想到小警察忽然惆怅起来，说：“其实封老师很厉害的，他要不是因为那件事现在肯定已经是领导级的人物了，虽然估计他也不在意这个。”

“哪件事啊？”

“就是五年前一个案子，他失手……”小警察终于觉得自己说漏了嘴，赶紧收回，“总之，封老师之所以会成为技术科的痕迹专家，是因为他不能碰枪，心理原因。所以他现在并没有警察的编制……”

季小觉愣了许久，心里一阵一阵地疼。封烬到底经历了什么，一个警察，为什么会害怕碰枪……

当晚。

季小觉拨通了封烬的电话。

封烬记性不好，大概也是忘了自己昨天态度有多差，接起来的时候忽然还有点儿意料之外的温柔了：“喂。”

这温柔让季小觉一时之间有些出神，她愣了一下，才反应过来：“老大救命……”

封烬停顿了一下，问：“季小觉？”

季小觉终于找准了状态，忽然大声喊道：“老大，救命啊！”

封烬就在楼下，他本来靠在车里睡觉，接到季小觉电话的一瞬间还以为自己在做梦。

回过神来抬头看了眼，季小觉那间屋子里有浓烟冒出来。封烬立马下车，长腿阔步往那边走去。

季小觉是受到小警察说吸烟会引起火灾的启发，给自己搞了一场“火灾”。现在自己还被烟呛得不行，她猛地咳了起来，语不成句：“封……封烬……”

“等我。”

封烬上来的时候就看见季小觉穿着洗脚城工作服一样的家居服，脸上黑黢黢的像是刚挖完煤。

她眨着眼睛，无辜又无助：“老大，你新手下在我房间抽烟，烟头没灭好，我……就……”

封烬知道自己被耍后确实不怎么愉快，但是不得不承认，刚刚的担心是真的，而现在他确实松了口气。

封烬看着她：“就怎么？”

“我房间就起火了。”

“是吗？”封烬进来看了眼，看来她也不敢对自己下太重的手，除墙上被烟熏黑了，和床单烧烂了之外，其他一切都还好。

但是一看就是自己故意纵火，而且季小觉长着一张不怎么适合犯罪的脸，做了坏事之后就是一副我刚刚做过坏事的表情。

“老大……”季小觉可怜巴巴地想说什么。但封烬没让，他直接说道：“行了，局里会处理。涉事警察也会处分。你有什么问题可以联系路久，他是这个案子的负责人。”

“……”季小觉心想自己预估错了，事情并没有朝着自己想的方向发展。

“还有什么问题吗？”封烬问。

“算了……”季小觉摇头，“那个小哥哥也辛苦，不为难她了，就当我自己不小心吧。”

封烬沉默一会儿，点头道：“嗯。”

走到门口的时候，他又停了下来，季小觉疑惑地看着他：“老大？”

“你今天住哪儿？”

季小觉忽然面露喜色，该不会……

“跟我走吧。”封烬说，“我送你去酒店。”

季小觉瞬间又熄火了。

季小觉当天在酒店住了一晚。

第二天，她正犹豫着要不要计划第二步，于是就给路久打了个电话，旁敲侧击好像并没有什么警察犯错被处分的事情。于是，她大着胆子直接收拾了行李打的到封烬家门口。地址她之前在局里整理档案的时候不小心看到过，过目不忘确实有这么个好处。

封烬住在白竹港和清水桥交接的一个叫知落的公寓。不是什么特别豪华富贵的地方，反而有些与世隔绝的僻静。而且刚好又是两个区交界的地方。季小觉暂时还不知道这样闹中取静的地方有多寸土寸金。

她在小区门口蹲了一天，一直没等到封烬。

天快黑了，她才给封烬打电话。封烬“喂”的一声让季小觉差点儿哭出来，她又累又饿，问：“老大你在哪里啊，我都在你家门口蹲一天了……”

“我家？”

“不是你家吗？”季小觉回头看了眼，自己没走错啊，“知落公寓这边？”

那边沉默了一会儿，仿佛是妥协般叹了口气：“季小觉，你知不知道你在做什么？”

“我……”季小觉有些心虚，“可我没地方住了，钱给外婆重新装修屋子了，酒店更住不起……”

季小觉说着说着觉得有些悲伤，她也不知道自己这样是图什么。如果封烬狠心拒绝她的话，她就真的什么都没有了。

悲伤的情绪一上头，季小觉就觉得有些腿软，脑袋也忽然昏沉沉的：“老……老大……”

“季小觉？”

季小觉倒在地上，饿晕了。

封烬现在在城市的另外一边，根本没办法赶过来。

可是季小觉现在又晕在大街上，他立马换了衣服，胡乱地套了一件外套，一边出门，一边打电话，那边许久才接通，传来窸窸窣窣的声音。

“小鱼？”封烬尽量言简意赅，“季小觉在小区门口，应该是晕倒了，我刚刚联系了物业和小区医院，你先去看看，我待会儿就到。”

2.

季小觉醒过来的时候躺在一个完全陌生的地方，目光转悠了一圈儿，立马从床上跳下来。

从房间出来的时候，封烬正站在阳台打电话，看了她一眼之后交代了两句就挂了。

“老大……”季小觉有点儿怵，因为封烬的表情看起来实在是不太好，“我不会在这里住很久，就借住一段时间，你能不能不要赶我走……”

封烬并不是一个心软的人，这一点季小觉当然知道，但是现在的封烬就是让她有背水一战的决心。这是她完全没见过的另外一个样子的封烬，简单的家居服，头发还有些乱 。大概是刚睡醒的缘故，一贯的凌厉气场并没有完全打开，反而多了一些柔软。

“季施简不管你？”封烬走到料理台边，给自己倒了杯水。

季小觉跟着绕过来：“施简姐现在在国外。你放心吧，我保证在她回来之前我就从这里搬出去！”

封烬喝完水，问：“你知道她多久回来？”

季小觉一时之间还有点儿没有反应过来，封烬没有拒绝的意思不就是默许了吗？哪管她什么时候回来呢。

季小觉随口一说：“大概下个月吧！她把人搞定了就回来！”

封烬似乎根本不在意这个回答，他喝完水之后嗓子舒服了许多，说：“我不常住这边，除书房里的东西不要乱动之外，其他的你随意。”

完了又不放心似的，他补充了一句：“但不要太过。”

“谢谢老大！”季小觉高兴都来不及，压根儿不管封烬说了什么：“放心吧！拥有一个我就等于拥有了一个菲律宾女佣！你完全不用担心，高兴都来不及呢！”

封烬看了她一会儿，然后掉头就走。

“老大，你今天不去局里吗？”季小觉在后边儿喊。封烬在前面懒懒地回：“今天周六。”

“那你不去别的地方吧？”

封烬站在书房门口，回头警告她：“不要吵我，不然你还是去住枯月巷77号。”

说完，他毫不留情地关上书房门，还落了锁。

不过季小觉依然觉得开心。

她上上下下跑了好几圈儿，直到满头大汗才回房洗完澡收拾好自己的东西。完了给季施简发了条消息，说自己毕业旅行去了。

反正季施简也不会回复她，顶多是报个平安。

弄好了之后，季小觉又顺便搜了一道食谱，准备晚上让封烬见识一下自己的手艺。找来找去还是决定蛋包饭吧，看起来简单。

季小觉决定完了换好衣服准备出门，临走前不忘绕到封烬书房门口，报备道：“老大，我出去一下，马上回来哦。”

封烬靠着椅背，旋转椅从背对着门的方向转到面向门的方向，好像隔着一道门也能看见季小觉贴着门试图听到他的动静的样子。

封烬说：“门锁的密码是四个八。”

那边顿了一下：“哦！那我出门了！”

封烬揉了揉眉心。书房里有一股老旧的木质香味，闻起来会让神经舒缓下来。他其实很久没有住过这里了，只是隐约记得以前住这里的时候并不是这种感觉。

以前很闷，很安静，仿佛是住在一个盒子里。

而现在……

其实也没什么两样，只不过是门外多了一架……封烬想了一下，季小觉嗡嗡的声音，确实很像一架小飞机。

季小觉没想到逛个超市还能碰到沈竹言。

当她拎着一袋食材手忙脚乱地准备过马路的时候，一辆车停在了她面前。沈竹言摇下车窗：“季小觉？”

季小觉心里一慌，有种被抓奸的感觉，皮笑肉不笑地打招呼：“沈老师……”

两人最后去了附近的一家咖啡厅。

沈竹言问了几句季小觉的近况，季小觉连蒙带骗地解释了一通自己为什么住在这里，一看就不像在说实话。

但是沈竹言从来就不是那种会令人感到尴尬不适的人，他笑了笑，没有再问，只说：“刚好有一个朋友以前也住在这附近……”

“那他现在不住这里吗？”

季小觉问完之后觉得自己很傻，沈竹言抬头看了她一眼，不缓不急地答道："嗯，好像就空在这儿了。"

她忽然想起那天晚上给封烬打电话的时候，他的语气好像确实不住这边。至于她怎么进去的，季小觉也记不起来。

她现在只是怀疑，封烬又搬回来，不会是为了她吧！季小觉斗胆想了一下，觉得有些开心。

"对了。你最近没做什么事情？"见季小觉面露不解，他又说，"白竹港问我要人，还想再去吗？只不过不会是封烬的名下。"

季小觉愣了一下，明白过来激动得桌子都快抖起来了："沈老师，一日为师我终生是你学生，你看我这个学生怎么样？"

沈竹言笑，喝了口咖啡："很好。"

两人从咖啡厅出来已经十一点半了。季小觉一看时间就慌了，沈竹言问要不要送她。季小觉慌忙拒绝了，好不容易搪塞掉，回到家已经十二点了。

季小觉站在门口，想到临走前封烬说的密码，这人估计是怕自己忘了，所以设了个史上最智障密码，而且四个八这么吉利的数字，原来连封烬都没有逃过想要发财的梦想啊……

她敲门，喊："老大，我回来啦！"

"老大……"

封烬拉开门，挺直的鼻梁上架着一副无框眼镜，让季小觉看得眼睛发光。

封烬皱眉："没告诉你密码？"

"……"季小觉毫不遮掩地笑，答非所问，"可我觉得回来有人开门的感觉真好。”

封烬抿了抿唇，没说话。

季小觉进门就嚷嚷着要给封烬准备午饭。封烬看着她来来回回走动，样子就像是热锅上的蚂蚁。

他从来不在家里做饭，因为不喜欢油烟的味道，也不喜欢房子乱糟糟的样子。

可是他现在居然一点儿气都生不起来。

“季小觉。”封烬承认自己的幼稚，而且他发现承认之后，接下来的举动会更加理所当然，他故意找碴儿，“我鸡蛋过敏。”

“啊？”季小觉的表情瞬间变得有些萎靡，像是晒焉了的花，“可我……”都准备好了，季小觉拿着鸡蛋手足无措。

封烬抿了抿唇，又补充道：“一顿摄入量不得超过三千克。”

季小觉愣了一下。

封烬傻，她更傻，完全没有意识到三千克鸡蛋是个什么概念，反而还在整个做饭的过程中拿秤称，精确地控制鸡蛋的摄入量。

封烬回到书房，他刚刚做了什么，说了什么？

他揉了揉眉心，肯定是季小觉太吵的原因吧，人总是有糊涂的时候。他给自己泡了杯咖啡。

他确实该好好想想他和季小觉的关系了。

她一个女孩子，就这么不明不白地住到了他的家里。这本身就是很奇怪的一件事情。

而且……

他自己最近也太不正常了。生活和自己都是一团糟。

外面忽然“嘭”的一声，封烬匆忙打开门。季小觉站在餐桌旁边，一脸无辜，衣服上是脏兮兮的酱汁，脚边是摔破的盘子，还有乱糟糟的饭。

封烬从上到下看了她一圈儿，见她没事才问：“你干什么了？”

季小觉格外无辜：“我也不知道桌子上有水，我把盘子放上去的时候它自己滑下来了，我没有接住……”

封烬走过来，皱着眉，居然没有发脾气：“收拾一下自己。”

而季小觉洗完澡换好衣服出来的时候，桌上已经搁着两盘炒饭。

封烬坐在桌子的另一边，慢条斯理地拿起勺子，然后看着她：“还不过来？”

季小觉觉得自己好像在做梦。可是食物的香气又这么真实。她走过去，端端正正地坐在封烬面前，吃饭的时候一言不发。

这让封烬觉得有些奇怪。所以他动作有些慢，好像在等着季小觉随时开口。

而他在某一刻顿然明白，这种情绪好像叫期待。

封烬优雅得像是在解剖一个实验品，他在心里警告季小觉，她待会儿最好好好夸他。

季小觉很快就吃完了。她仿佛有些等不及似的，说话的声音带着吞咽声不甚清晰。

封烬却听清楚了，她说：“封烬，这是第一次，有人专门为我做饭。”

封烬看了她一眼，故作漫不经心地道：“我也是第一次给人做饭。”

季小觉擦了擦嘴问道：“那你以前是给猫猫狗狗做饭的饲养员吗？”

……

3.

封烬工作日的时候一般都不在家，早上六点出门，晚上最早十点进门，也有时候不回来。

于是这个夏天的末尾，季小觉的生活只剩下两件事，一件是等他回家，另一件是祈祷他不会有不回家的时候。

封烬这边就不同了，季小觉每次都能把他的话当耳边风，把他的原则踩在脚下。

他每天都处在生气和不要生气的边缘。他说过许多次冰箱里不要放甜腻的东西，因为他不喜欢吃甜的。可是他每次打开都会看到蛋糕、面包，甚至喝了一半的奶茶；他说东西不要乱动，可是她却能以“这样放风水不好”为借口把他的各种家具换个位置；他还说了沙发上不要放一些乱七八糟的书和纸，可是他却能从沙发的缝隙里摸到一本——《菜根谭》？

封烬问：“你看《菜根谭》做什么？”

季小觉有些无辜地道：“我……以为是做菜的……”

封烬面无表情：“喜欢的话我给你报个厨师班吧？”

“不行。”季小觉说，“我马上就要有新工作了！”

封烬松了口气，终于不用看到季小觉闲着没事拆他房子玩了。

可是他高兴得太早了，第二天，他回来得比较早，站在门口，密码按了一个数字却停了下来，想起那一天季小觉笑嘻嘻地站在门口，说，回来有人开门的感觉真好。他敲门，听见季小觉轻快的脚步声，像是一只有着柔软毛发的小动物一样。

季小觉打开门，有些奇怪地问道：“你为什么不自己开门？”

封烬敷衍地答道：“忘记密码了。”

四个八都能忘记啊？季小觉简直对封烬的忘性叹为观止。

而封烬刚进门，一道黑影朝自己扑过来，封烬下意识地往后退了一步，看着绕着自己脚打转的小狗。

“季小觉！”封烬深呼一口气，“这是什么？”

季小觉越来越不怕封烬了，她也跟着蹲到封烬前面，抱起小狗举起来：“狗啊，你不认识吗！”

“哪儿来的？”

“捡的。”季小觉说，“它很有灵性的，我本来想给它取个名字来着，但是你连四个八这样的密码都能忘，肯定记不住太复杂的名字，所以我决定就叫它封宝。”

……

封烬沉着声音，跟狗大眼瞪小眼：“我不喜欢狗。”

季小觉抱着它站起来，说道：“不行，它都跟你姓了，就是你儿子，你不能不认自己的儿子！”

“季小觉。”封烬一般这样喊季小觉的名字的时候，大多是生气了，“我不想说第二遍。”

“为什么啊？”季小觉把封宝放下来，“你也不喜欢我啊，不也让我住你家了吗，凭什么封宝不行！”

封烬罕见地沉默了一会儿，然后说：“这不一样。”

“怎么不一样了。”

封烬这回没说话了。

封宝像是感知到了什么似的，完全不像封烬刚进来的时候那样活泼，趴在凳子底下呜咽着，眨巴着眼睛可怜巴巴的。

季小觉也不把封烬的威胁当回事，走过去，摸着它的脑袋，安慰道：“放心吧，你爸必须认你！”

封烬在房间里听到了这句话，有些无奈和头疼。

任何问题都有答案，只有季小觉的脑子里天天都在想些什么东西这个问题，永远是个谜。

第二天醒过来的时候，季小觉发现封宝不见了。

她瞬间清醒过来，封烬该不会亲自拿出去丢了吧！那哪是捡的啊，那可是她花钱买的！

季小觉倒是算盘打得飞起，她想就算自己以后从这里搬出去了，也要把封宝留下，让封烬一看到它就想到她。

所以，她才死乞白赖还冒着封烬可能会连她一起赶出去的风险带它回来的。

季小觉急得衣服都没穿好，打开门，封烬站在门口，手里拿着遛狗绳。封宝一溜儿地绕着封烬跑来跑去，也不顾是不是被绳子绊倒了。

封烬索性一把抱起它。

季小觉愣了一下。怎么跟封烬在一起的每一天都像在做梦呢。

她偏着脑袋，忽然觉得当狗真好，可以随意地表达自己的开心。因为她现在也很想这样，撒欢着腿丫子绕着封烬跑来跑去，然后被封烬一把抱起来。

她后悔了，她现在想把狗赶出去。

“封烬……”

“带去打了狂犬疫苗做了一些除菌。狗粮在我车里，我忘拿上来了。”

“我去拿！”季小觉赶紧说，跑到门口又记起来自己还没洗脸，“我洗完脸就去。”

封烬看着她跑进跑出的身影，封宝趴在自己的腿上，这么一瞬间，他忽然觉得，它和季小觉很像。封烬笑了一下。

抬头看着季小觉幽怨地站在洗手间门口，那表情，就像是看见自己的男朋友和别的女人偷情。

她生气了：“我不拿狗粮了！”

然后，“嘭”的一声关上房门。

封烬抱着封宝，问道：“她说我是你爸，有没有说过她自己跟你什么关系？”

封宝叫了两声："汪汪！"

"知道了。"

季小觉完全是搬起石头砸自己的脚，没想到这个封宝居然比她还会上位。

封烬不是说了不喜欢它的吗？可为什么还跟它简直形影不离，还带它出去散步，怎么不带她去散步？所以季小觉只能一边洗碗，一边透过窗口看那一人一狗，漫步人生路。

季小觉愤怒得洗破了一个盘子。

手机响了起来，是沈竹言打过来的。应该是回局里实习的事情吧。季小觉忽然满心期待，她匆忙擦干手接起来："喂，沈老师！"

恰好封烬开门进来，封宝仿佛炫耀般地朝着季小觉汪汪直叫。

季小觉嫌它吵，就躲进房间里接电话了。

封烬看着紧闭的房门，蹲到狗粮盆边给封宝弄狗粮："她好像总能惹我生气，但我也不知道我为什么会生气。"

封宝知道，但它不说，它有吃有喝有人陪，才不关心别人呢。

沈竹言很奇怪季小觉这边为什么会有狗叫声，问道："你在哪儿？"

"在……在朋友家啊。"季小觉赶紧岔开话题，虚伪地笑，"沈老师你怎么打电话给我啦？"

"你觉得呢？"沈竹言觉得季小觉最近好像活泼了许多，不再是以前那个一有问题就打电话找他哭的小姑娘了。

他笑笑："明天周一吧，局里我已经安排好了，明天就可以去了。"

“这么快！”季小觉内心激动。沈竹言有些疑惑：“嫌太早的话可以往后推推。”

“不用，不用！”季小觉还嫌晚呢，谁想天天跟一只狗争宠啊，她马上就要比狗每天多见封烬好多个小时呢。

季小觉又跟沈竹言简单地说了几句才挂电话。

封烬第二天出门的时候季小觉早醒了。她甚至怀疑自己还没睡，一整晚都在想封烬见到她时的表情，有点儿像是……小学生春游前的那种感觉。

封烬走了，她才悄悄出门。

沈竹言事先说过这一次应该不会被分到刑侦科。季小觉去了才知道自己被安排到了档案科，刚进去的时候事情还比较多。

她压根儿没法逃跑去找封烬，连路久都是下午才见到的。

路久过来帮封烬拿资料，看见季小觉的时候还挺意外的，问：“你怎么在这里？”

季小觉很快找到他要的东西，将厚厚的文件递到他手上，回道：“不是你说的吗，前线干不好就让我去后勤部打杂。”

“档案科可不是什么后勤，是我们局里王牌科室。”路久笑着跟她打趣，然后说，“我待会儿有事，既然你在这里就帮我把这个送到封烬办公室吧。”

季小觉有一种中了五百万的感觉，她等了一下午不就在等这个机会吗？路久朝她眨眼：“九哥还是最懂你的吧！”

“谢谢九哥！”

季小觉兴致勃勃地站在封烬办公室门口。

她想起他们第一次在这里见面的时候，她那个时候就觉得，封烬肯定不会是她生命里的一个过客，好像才过去五个月而已。

季小觉久违地敲响封烬办公室的门。

“路久盯了好长一段时间，暂时确定鼓手最近好像在接触什么建筑工程，房子里有水泥砂石的痕迹，包括枯月巷里的乞丐们，应该是同一个项目。他们应该是察觉到我们了，最近没有行动。但不排除有其他人接手。”

封烬说着抬起头，看见季小觉的时候很明显地愣了一下，下意识地以为她又弄出什么拆房子的事情了：“家里出什么事了吗？”

这个时候的封烬完全没有意识到，“家里”这个词有什么不对，漫不经心地脱口而出，或许在这个时候，不管是语言，还是行为上的惯性都比他的意识更早地承认某些事情。

季小觉把手里的东西送到他桌上：“我来给你送这个。”

封烬看了一眼，明白了：“沈竹言送你的新工作？”

季小觉有些看不出来封烬的情绪，只能采取最保险的有问必答：“对啊，不然还能有谁。”

“既然这样顺便让他帮你把住处也安排一下吧。”封烬冷冷地说出这句话。季小觉心里一慌，赶紧说：“沈老师那么忙，也不能什么事儿都管到啊。他肯定不愿意的！”

封烬有些无奈地在心里叹了口气，季小觉看来是不知道自己现在有多生气了，笨。

于是，他换了话题："封宝呢？"

嘁。季小觉轻嗤一声，说："你不是不喜欢它吗？当初怎么都想赶它走，现在就知道宝贝啦，你能宝贝它为什么就不能……""宝贝我"几个字季小觉没说出来，因为她已经意识到封烬眼神里的危险系数了。

以往的封烬只要一沉下脸季小觉就吓得不行，这段日子跟他待多了之后变皮了，她虽敢挑战封烬的底线，但是还是有个度。

那个刻度以下的，季小觉飞天窜地都行，刻度以外的，季小觉还是尿得不敢越雷池一步。

"接着说。"封烬说。

季小觉不敢了。恰好路久进来，季小觉赶紧趁机开溜："那我档案科那边还有事，就先走了啊……"

路久只觉得一阵风从自己身边刮过，然后人就没影了。他把东西递给封烬之后往后退了两步，说："老大，我觉得你跟小觉待在一起的时候……"

"小觉是谁？"封烬好像更在意这一点。

"OK，OK，季小觉。"路久投降了，"我能接着说吗？"

封烬没应，路久权当默认了，说："你跟季小觉同志在一起的时候，特别像个……禽兽。"

封烬放下手里的事："路久，你很闲？"

"不是，我的意思是我觉得季小觉最近好像变了许多，比起一开始的胆怯试探，小心翼翼地与人相处，现在的她无所顾忌，明朗又快乐，仿佛这才是她本来的样子。老大，我听说她也有不怎么好的曾经，那些过去的恐惧大概无时无刻不压在她的心头，逼她把自己活成了别人的样子，可是你让她找到了自己的样子。”

路久强烈的求生欲支撑着他一口气说完了这么长一段话，他说完还觉得自己挺不错，虽然也不记得自己说了什么，但好像还挺有道理的。

谁知封烬丝毫不领情：“说完了吧，说完了市里领导在会议室，你去一下。”

绝了！封烬居然让他去见领导。他还不是为了封烬考虑啊。可是他不敢骂封烬，最多只是站在门口，说：“封烬！你是魔鬼吗！”

说完就跑。

而封烬早已经无心工作了，路久的那段话还萦绕在他耳边，他笑了一下。随即又面无表情，有什么好笑的地方吗？

仿佛在跟自己抬杠似的。

Chapter.2

封烬，对不起。
我不会再让自己出事了。

1.

平静的日子并没有持续多久。

季小觉后来觉得，那段时间，她大概把之后很长一段时间的幸福和快乐都透支了。因为那个时候她还不知道姜有鱼是谁。

季小觉第一次听见姜有鱼的名字是从封烬那里。他喊，小鱼。

那天晚上，她做了噩梦醒过来，觉得渴得难受，就出去倒了杯水。

恰好听到封烬的手机响起来，好像是很老旧的翻盖机的声音。季小觉没想偷听，可是封烬的声音在这样的夜色里实在太撩人了。

他半哑着嗓音："喂，小鱼？"

季小觉愣了一下，脚下的步子更加没法挪开。因为她从来没有听到封烬用那么温柔的语气跟谁说过话，他说："找到了吗？"

"没事，我让路久先过来，我马上赶过来。"

然后，季小觉听到一阵窸窸窣窣的声音。封宝不知道什么时候醒过来的，朝着她叫了一声，季小觉赶紧回房。

冰冷的刺激感从脚下传来的时候，她才发现自己弄丢了一只鞋。季小觉借着月光看着自己光光的脚丫子。

不知道是不是夜太深的原因，季小觉忽然有点儿难过。因为十二点的钟声响起，公主就会失去了她的魔法。

封烬穿好衣服从房间里出来的时候封宝蹭到他脚边，还叼来了一只季小觉的拖鞋。

封烬记得最开始的时候这双拖鞋是有两只猫耳朵的，可现在其中一只被封宝咬掉了，剩下的一只像是一个歪了脑袋的独角兽。

封烬看了眼季小觉的房间门，问封宝："她醒了？"又说，"帮我照顾一下她，谢谢。"

季小觉没有听到封烬说话的声音，只听到关门的声音和楼下车子的声音。

他居然还是出去了。

那一整晚，她都没怎么睡着，脑袋里耳朵里全是封烬的那声“小鱼”。他居然用她最喜欢的声音那么温柔地去喊别的女孩子。

季小觉一直到早上才迷迷糊糊地睡了一会儿，她做了个梦，梦见封烬跟别人结婚了，而她又被抓回了那个地方。

可是已经再没有人来救她，带她逃跑了。

第二天早上，封烬不在家，也不在局里。

季小觉在档案科整理资料的时候忽然想起一件事情，于是偷偷摸摸地调出了封烬的个人信息。

可是……

“你在看什么？”路久忽然出现，吓了季小觉一跳。

“那件事不是封烬的问题。”路久从来没有这么严肃地跟季小觉说过话。而季小觉看着屏幕上的几行字，封烬五年前曾失手杀死了自己的搭档？

“当时他们正在跟一个毒品交易案，形势很复杂，封烬本来在伏击一个主犯，但是他们抓住了封烬的搭档。在封烬开枪的一瞬间，他们用了搭档来挡枪。”路久停了一下说，“封烬一直觉得是自己失手打死他的，所以患上了枪支恐惧症，但其实，搭档在此之前已经被折磨致死了。”

“……”季小觉听着心脏突突跳动的声音，心里酸涩得要命。

“他的那个搭档有个妹妹，后来一直是封烬在照顾她。”

“小鱼……”

“你知道？”路久替她关上电脑，“姜有鱼，现在也是警察，网络信息科的小天才。”

季小觉恨死自己的胡思乱想了。

但是一整天，她都沉浸在封烬的那件事中，仿佛在经历着他那个时候所有的难过。她心疼得不行，想给封烬打电话又怕他在忙。

晚上的时候，她却收到了封烬的短信，说：“晚上记得遛狗。”

季小觉呆呆地看着屏幕上的几个字，忽然鼻子一酸，没忍住哭了出来，她说：“好。”

然后，她煮好了饭，等封烬晚上回来。她决定了，她要在现在告诉封烬，要不要她，要她的话买一送一，送一个封宝，实在不行买封宝送她也行。

季小觉弄完了之后才拉上封宝出门。

晚上的落山公园大部分都是散步和锻炼身体的老人，季小觉牵着封宝，它只要一出来兴致永远很高，好像永远不会有难过的事情，还当着她的面和别的小狗黏黏腻腻的！

是不是预示着可观的爱情！季小觉忽然觉得心情好了很多。

可是刚牵着封宝走到公园中心湖边的时候，封宝忽然狂叫了起来，季小觉还没明白怎么一回事，眼前一黑，下一刻便失去了意识。

封烬晚上十一点才回来，还给季小觉带了一盒她暗示了很久的甜品。路久排了三个小时队买的。

他进电梯的时候还在想季小觉现在会不会像以前那样还在等他，或者是已经睡了。

毕竟……封烬今天一整天都在想这件事情，她是不是在生气。

封烬从来没有见过季小觉生气的样子。

他原本以为季小觉一大早就会给他打电话或者发短信问他去哪儿了，可是他一直等到了下午，等到自己主动联系了她。

封烬看着自己不受控制地发出去的一条消息。

他居然开始有害怕的事情，而且是怕一个女孩子生气？可他连明目张胆地问都做不到，还说什么狗。封烬收了手机，他不想承认这是自己做出来的事情。

可是除了自己，还有谁。

电梯“叮”的一声，到楼层了。封烬深呼了一口气才从电梯里出来。

然后，他看见封宝趴在门口呜咽着。

他的第一反应是季小觉因为生气把封宝赶出来了，可是走进去才觉得不对劲儿。

封宝受伤了！背上有一道很明显的血痕。

封烬心里立马有了一种不好的预感，他快步走过去，打开门：“季小觉！”

“季小觉！”

封烬找遍了整间屋子，可是，只有乱糟糟的房间，电饭煲的饭香味，藏在沙发脚边的拖鞋耳朵……哪里还有季小觉？

一万种可能性在封烬脑袋里争先恐后地上演，直到封宝咬着他的腿，似乎要把他往哪里拖一样。

“她在哪儿？”

封宝因为受伤步子比以往慢很多，封烬一路上丧失了他所有自以为傲的沉着和冷静，甚至想给封宝插上翅膀。

一直到小区对面的公园，绕过好几条林荫道，封宝停在中心湖旁。

月光照着水面泛起盈盈的涟漪。封烬走过去，在湖边看见了季小觉拖鞋上的另一只耳朵……

风停了下来，水面平静无痕迹，湖面仿佛一个静待着捕食猎物的怪物，湖边的人一不小心，就会被它张着血盆大口吞下去。

封烬以前觉得人不会有不理智不冷静的时候，可是现在他懂了。

人都是有缺口的，她是填满他的一部分，让他变得生动而具体。

封烬拿出那个老旧的翻盖机："小鱼，帮我把落山公园今天晚上六点到九点之间所有监控的所有录像调出来，现在就要。"

封烬赶到姜有鱼那边的时候是凌晨三点。路久接到电话的时候已经等在那里了。

路久简单地汇报了一下："不是落水。落山公园在晚上六点半的时候，西北入口有一辆黑色奥迪开进来，按照监控的行驶路径刚好路过中心湖，从时间上来看也符合观察，然后挟持所需时间，车牌号小鱼刚刚查了一下，是套牌。"

封烬从进来开始就没有说过话，只是盯着屏幕上一百个监控。

路久不免有些担心："老大……"

他这才注意到封烬还带着一只狗。封烬一向不喜欢这东西，路久知道，但是现在也不是调侃的时候。

“小鱼呢？”封烬问。

路久指了指另外一边。

年轻的女孩子长着一张娃娃脸，眉上留着刘海儿，齐肩的头发扎成一个乱糟糟的马尾，瘦小的身体刚好可以窝进旋转椅里。她缩成一团，正在睡觉。

许是感应到了什么，她猛地睁开眼，是一双很好看的眼睛。眼里的惊恐在看到封烬的脸的时候瞬间消失了。

她坐起来，瞟了封烬后面的路久一眼，然后整理了一下乱糟糟的刘海儿。

“对不起。这么晚还叫醒你。”封烬说。

小鱼摇头，然后坐起来，挪到电脑屏幕前，手指飞快地在键盘上移动着。屏幕上迅速地出现一排字——我正在破解市交通局的网路，调取那条路上的监控，系统自动破解大概还需要一小时，所以我就睡了会儿……

她不会说话。她小心翼翼地看向封烬，又敲，这回慢了许多——是不是因为……

“不是，你别多想。”封烬打断她，“是我的原因。”

姜有鱼没有见过这个样子的封烬，她点点头。

封烬说：“先把落山公园中心湖那块的监控给我。”

路久正在好奇地看封宝，这才注意到封烬的目光。

“老大？”

“找一下附近的宠物医院，天亮了之后送它过去。”

路久愣了一下，看了眼时间，已经五点多了。现在出发的话到佳兴路上的宠物医院刚好能赶上开门。他拍了拍手，站起来：“老大，我觉得你好像变了很多。”

他没有一一列举，但是封烬自己应该也明白。季小觉出现之后，他平静的生活里不断泛起涟漪。其实不是自己变了，而是……

所以他必须找到季小觉。

然后告诉她，她说的许多话都是错的。

比如那句理直气壮的“你不喜欢我，不也让我进来住了吗”。

季小觉，我可能是疯了，才会纵容你把我的生活弄得一团糟。

2.

季小觉被抓这件事封烬暂时没有在警局备案。

这件事并不是看上去这么简单，很明显那群人是冲着他来的，或许最近的几起案子都与他有关，而现在要收尾了，所以选择了他身边的人。

但他以为，会是姜有鱼。

唐千叶、封青青、姜有鱼。如果封烬没猜错的话，这是三个颜色，绿色、青色、黄色，恰好又是乌羽塔校徽的颜色。

封烬看着姜有鱼，思绪来不及飘远，她说——封烬哥，找到了。

封烬眉头微拧，顺着椅子滑了过去。

视频画面定格在掳走季小觉的车子上，位置显示在青山区某个商场的停车场。

姜有鱼往前退了几秒，从车子上下来两人，人高马大，黑衣黑裤。

他们从后备厢里拖出来一个人，因为身子挡着并不能看清那个人是谁。但是这种情况下理所当然就会觉得是季小觉了。

可是……

封烬眼神微沉，说：“这不是季小觉。”

姜有鱼疑惑。

“你不觉得太刻意了吗？”封烬说，“他们既然已经开始针对我，就不会选择把自己的行踪一路暴露在监控下，而且……”

封烬把视频往后退了几秒，停在车子刚停下来的时候。驾驶位的男人眼神直直地望向监控：“他知道这里有监控，甚至在找角度。怎样才会让我觉得这个人是季小觉，又没办法看清她的脸。可是她不是。”

封烬说最后几个字时的语气格外坚定，甚至连他自己都有些诧异，原来他对季小觉已经这么熟悉了。

封烬定了定神，继续说：“如果我猜得没错的话，季小觉可能已经被他们从半路上调包了。”

姜有鱼抿着唇，继续看视频画面，如果调包的话，那一定能找到换车时的破绽的。可是姜有鱼很快就发现封烬为什么不让她继续找下去了。

在最有可能的地方，车子停了下来，来来往往八辆车与它擦身而过，然后驶向八个不同的方向。

可是他们为什么要这么做。

“小鱼。”封烬往后，有些疲惫地靠在凳子上，忽然说道，“在你破解监控系统的这段时间里，他们可能已经根据潜入系统的 IP 地址找到这里了。”

姜有鱼心里一顿，手上的动作停了下来，屏幕照着脸颊使之镀上一层荧荧的光。

那……

封烬接着说："路久在回来的路上了，他带你离开这里。"

那你呢？

"我去青山区找季小觉。"封烬站起来，"至少那辆车是现在唯一能找到的她待过的地方，或许能发现什么。"

姜有鱼看着封烬关上门，然后又回到电脑屏幕前。

她打开程序，输入了一串代码，然后屏幕跳到一个黑色的对话框里。对方的头像是一只黑色的兔子，从眼睛里流出了血。

姜有鱼问——

你是谁……

你要做什么……

是不是你抓了季小觉……

对方发过来一个微笑的表情："小鱼，好久不见。"

季小觉从混沌中醒过来，首先钻入意识的是一股淡淡的潮湿的朽木味道，伴随着一股腥臭的味道，然后才觉得手脚酸麻得厉害，自己正被绑在一个凳子上。

她猛地睁开眼。这是一个木房子。窗外有惨白的月光，照在地上却泛着乌青色。屋子里什么都没有。头顶一盏昏黄的白炽灯，飞蛾扑打着翅膀撞在上面，灯光摇摇晃晃的。

她的影子被拉得很长，一直到屋子的角落。

季小觉看过去，那里放着一个摄像头和一个显示屏。

她被绑架了？

季小觉忽然有了这个意识。最近看的各种新闻还有在档案科有意无意接触到的那些恐怖案件在脑海里争先恐后地钻出来。

她确实是害怕的，可是很快便从这种情绪里面抽身而出。害怕除了增加自己的焦灼感和影响自己的思维外没有任何作用。

她深呼了好几口气，使自己冷静下来。

犯罪的目的无非有三种：为钱，为情，为仇。

季小觉想不出来自己得罪过谁。可是照她现在的处境看来，她好像是被当作筹码以达到要挟的目的。可是他们想要挟谁？

季施简，还是“未觉”的老板？或者是最不可能的，封烬。

季小觉这么想着的时候，角落里的显示屏忽然亮了。

她吓了一跳，上面出现一个人影。

那人戴着一个兔子头套，里面穿着西装，外面套着一件白大褂，双腿叠在一起，双手交握搁在膝盖上。他像是一个从旧电影里走出来的绅士一样，说：“季小姐，你好。”

季小觉愣了一下，说：“你好……”

“很抱歉这么对你，不过暂时也只能委屈你了。”

季小觉从他的身上看不到任何实质性的痕迹。

只是有一种感觉，这个人由内而外散发的气质，是一种绵柔无声的尖锐。

表面看上去温文尔雅，举手投足的样子永远像是坐在餐桌前吃一块牛排，下刀的时候该顺着纹理还是逆着纹理，下刀的角度和力度，无一不让人觉得精致而细微。

可是他下一刻就可以拿起手中的刀，毫不犹豫地插进你致命的地方。

季小觉吓出一身冷汗，问：“你有什么目的？”

“聪明。”他站起来，“成年人从来不计较代价，只在乎目的。”

他缓缓走到窗边，风吹着白色的窗帘在他身上如同荡开的白色泡沫，问：“其实本意并不是你，而是姜有鱼，不过也没关系，姜有鱼待会儿就来了。”

季小觉愣了一下：“你把姜有鱼怎么了？”

男人拍拍手，季小觉眼前的屏幕忽然亮了起来，是另外一间屋子，和这一间别无二致，而姜有鱼被蒙着眼睛绑在那里。

“你放了她！”季小觉喊。

男人不缓不急：“条件。”

兔子的脸上有一双漆黑的眼睛，像是被挖开的一般，空洞而诡异，嘴角永远是那种意味不明的微笑弧度，男人开口道：“季小觉，你和姜有鱼之间，如果我要还一个给封烬的话，你想我还谁？”

季小觉想起压在封烬心上的恐惧，姜有鱼大概是他唯一的慰藉了。

“姜有鱼。”她说，“你也说了我对封烬要挟更大，所以姜有鱼没用的。”

只见那边姜有鱼咬着嘴唇拼命地摇头。原来她也能看到这边。季小觉听着那边呜呜咽咽的声音，终于意识到，姜有鱼是不会说话的。

“是吗？”男人慢条斯理地，指间敲打着桌子，说，“好。不如我们玩个游戏吧。”

“每人三十分钟，她先跑，如果跑不出去我就杀了她，然后换你跑。当然，如果你也跑不出去，我也会杀了你。”

季小觉心里一阵发麻。

她咬着嘴唇道：“好。”

“游戏开始。”

季小觉听着男人的声音，然后看见屏幕上的姜有鱼被几个蛮狠的人解开了束缚，扔到了地上。

季小觉还想说什么，可是屏幕已经黑了。一瞬间，整个屋子又重新陷入诡异的寂静。

窗外不知道什么时候已经变成了白昼，带着腥味的海风吹过来。她扯了扯嘴角。

姜有鱼，快跑啊。

3.

封烬觉得胸口有一阵类似海浪翻滚的感觉，仿佛有什么从胸口划过，可是他没有抓住。

而路久下一刻就打来电话，说姜有鱼不见了。

姜有鱼找到了对方的虚拟地址，本来以为自己可以跟对方讲条件救出季小觉。可是她太单纯了，像是轻易就咬上了诱饵的小鱼，姜有鱼落入了对方的圈套。

根据无线定位，姜有鱼最后出现的位置是青山区青山公园。可是附近的监控根本就没有拍到过姜有鱼。

定位器和她身上的各种微型监听监视设备其实一开始就被发现了。所以姜有鱼现在可能落入了和季小觉一样的处境。

而封烬这个时候也才刚到青山广场的地下停车场，他缓缓放慢车速，看着以同样速度停在自己面前的面包车。

“我知道了。”他在电话里说，仿佛接受了宿命一般，“先不说了。”

“老大，对不起……”

封烬挂了电话。面包车上下来一个看起来有点儿脏的男人，即便是刚刚收拾过，换了一身干净衣服，可是依然挡不住原本刻到骨子里的身份。

是个乞丐。应该说，又是乞丐。

他手里拿着枪。封烬微微蹙起眉头：“谁让你来的？”

对方没有回答，反而晃着手里的东西：“你怕这玩意儿？”又说，“真难想，居然有警察怕枪，哈哈哈……”

封烬沉了沉眸，没有再说话。

而男人走上来，停在封烬面前极近的地方，不知道从哪里掏出一个手铐：“想要找到她们就先老实跟我走吧？”

他大概以为自己抓到了封烬的软肋便可以为所欲为，但是他错了。

封烬扣住他的手腕，反手一折，轻而易举地把手铐扣在了他的手上：“用这东西我稍微比你熟练一点儿。”

“你！”

“再多说一句话试试。”封烬云淡风轻地说出这几个字，仿佛慢慢缠上小腿的冷血动物一样，令人连头皮都是麻的。

他避开监控，推着他朝面包车走：“他让你做什么？”

对方颤颤巍巍递出一部手机。

封烬看了一眼，接过来。暂时什么都没有。他把男人推到驾驶座上，自己坐进副驾驶。

对方举起被铐在一起的手想反抗，可是封烬不给任何机会。

“他让你做什么，照做就是了。”

这是一个很有生活气息的面包车，摆设上乱糟糟的，甚至有一些私人物品，例如香烟和打火机。

挡风玻璃上还有喝了一半的水和扔在那里的一次性杯子。

上面写着，白竹港第二港口海鲜市场。

“车子哪里来的？”封烬忽然问道。对方愣了一下，赶紧解释，词不达意：“警察先生啊，我也是无辜的，我们就有个活儿，问我们谁会开车，我举了个手就被选中了。车是他们给的，说停在那儿。谁知道他还给我一把枪和一副手铐，我也不知道真的假的就玩玩，我真没得罪你们的意思。”

封烬让他把车开到了白竹港警局门口。路久已经等在那里了。

封烬从车上下来：“查一下白竹港附近有组织的乞丐窝点。他很聪明，利用混迹于市井的乞丐来隐藏自己的犯案手法，而要销毁掉一个乞丐存在的痕迹又轻而易举。”

封烬这么一说路久才猛然觉得，他确实好像在每次案件中都看到了行为有些诡异的乞丐。

“对了，老大，我记得你给小鱼身上放的安全设备，会在所有设备都被消除的时候发出最后一个求救信号。可是现在我们并没有收到那个信号，也就是……”路久说，“小鱼她会不会……”

他想问小鱼会不会丧失了行动能力，封烬否定道：“不会。”又说，“她在找季小觉。”

路久张了张嘴，却问：“老大，你没事儿吧。”

在路久眼里，封烬一直是一个神一样的人，封烬可以不吃饭不睡觉，可以很快地破解一件棘手的案子。饶是路久跟他这么久，也很少注意到他的喜怒哀乐。

他大部分的时候给人的感觉都是游刃有余，甚至是信手拈来。

可是现在的封烬好像失去了这种神祇能力一样。

哪怕他现在看起来并没有什么异样，可是路久知道，他成了一个只不过比别人稍微冷静一点儿的凡人，而且现在的封烬，实在是太冷静了。

封烬没有回答，拿了他的车走，也没有接受路久安排的什么人手之类的，而是让他在局里等姜有鱼那边的消息。

可是路久觉得这样等下去不是办法，所以他调出了那天的监控，用了一种最耗费人力、物力和时间的做法——挨个儿追踪昨天八个方向的车，那么，总会在某一个地方找到季小觉。

白竹港路的十字路口往东是白竹港警察学校，以南是警局。另外两边连接着港口和枯月巷。

红灯亮起，封烬在这里停下来。他拿出手机，拨通了一个号码。

漫长的待机音从听筒里传来，一直到最后一声的时候才被接起来。

沈竹言的声音有些哑，说：“封烬？”

“沈竹言，白竹港第二港口那边你熟悉吗？”

那边沉默了一会儿：“还行吧，怎么了？”

封烬沉默了一秒：“季小觉现在可能在那里，被绑架了。”

沈竹言似乎有些不相信，他笑道：“封烬，你别拿我开玩笑了，案件演习的话我现在确实没什么时间陪练。”

“不是。”

沈竹言那边静了几秒，一直到绿灯亮起，才缓缓开口，说，“我知道了，我马上过来。”

“嗯。”

封烬准备挂电话的时候又被叫住，沈竹言说：“封烬，但是你有没有想过，如果我没有办法把她带回来，怎么办？”

封烬没有回答这个问题。他以为他只是不喜欢做无谓的猜测，却没有想到这一刻的情绪是逃避。

他一路踩着油门，车速飙到飞起。

车子抵达白竹港港口的下一分钟，对方像是算计好了似的，打来了一个视频电话。

那边是被绑在凳子上的季小觉。她看起来很不好，垂着头，嘴唇有些干裂，应该是没吃饭也没喝水。她衣服穿得不多，脚下还踩着冰冷的凉拖鞋。

她缓缓睁开眼，在看见封烬的一瞬间仿佛看见了光："封烬！"

"季小觉……"

封烬来不及说话，季小觉的声音便似强忍着泪意，她说："封烬，对不起……"

封烬愣了一下，有些说不出话来。

他的心从很久很久以前开始，就有一层坚硬的壳。可是那些坚硬的东西，在这一刻，忽然全部坍塌了。

封烬仿佛抓着自己的心脏一样抓着方向盘。

傻不傻，明明是我没有保护好你，为什么要先道歉？

他哑着声音，说："季小觉，还能坚持吗？"

季小觉点头。

"相信我吗？"

"我相信你。"季小觉这次说了出来，很认真地表情，说，"封烬，我相信你，可是你也要相信我。"

"好。"封烬的语气有些艰难，说，"乖，等我来救你。"

他没有等到季小觉的回复，线路被切掉了。

随后响起一个经过处理的，冰冷的男声："封烬，你不必急着通过网路查到我的位置，可能在那之前，季小觉和姜有鱼就都没了。"

"放了她们，其他的我都答应。"

"放了她们怎么达到我的目的？"他说，"封烬，你好像有点儿忘记了，你是一个早就该死的人。你活着，是踩在别人的命上活过来的。所以你得一直记得，你从接受了这条命的那一刻开始，就应该有这辈子都痛不欲生地苟活于世的觉悟。

“不过，封烬，我不想游戏这么快结束，现在我把选择权交给你，季小觉和姜有鱼，你选一个。”

封烬从车上下来，目光四处看了一圈儿。

他身后是海鲜市场，前面是一个度假酒店。酒店的客房位于悬崖之上是它的一大特色，而在酒店的另一边是一个游乐区。

偶尔有来往的渔夫或者商人从封烬的身边路过，带着海的腥味。他面无表情地看着前方。

一辆车在身后停下来，沈竹言从车上下来，喘着气跑到他身边：“怎么样了？”

封烬沉默着没有应。

沈竹言又问：“季小觉呢？确定位置没有？我在来的路上想了一下，如果季小觉确实在这边的话，那么只有两个地方，一个是海鲜市场的仓库，另一个是悬崖酒店那边。”

封烬抿了抿唇。

刚刚视频里的季小觉身处一个密闭的空间里，地面有树叶隔开的一层层的光。所以说季小觉很可能在一个树林里的木屋里。

而根据光照的方向和当时地上的影子角度……

封烬说：“如果没错的话，季小觉应该在那边的木屋里。”

沈竹言顺着封烬的目光看过去，那是悬崖酒店另一边的游乐园，很久之前就挂着维修的牌子，现在看起来依然是荒芜一片。

封烬的语气平静得不暴露任何情绪，继续说：“时间不多了，季小觉的凳子底下有压力定时炸弹，稍微动一下就有可能引起爆炸。”

沈竹言神色一凛，他没想到会到这个程度。

“对方这么做的目的是什么？”沈竹言问。

“我。”封烬说。

4.

季小觉刚刚得到了男人的指示，他说姜有鱼逃脱失败，所以现在换她逃了。

他们解开了季小觉身上的束缚。季小觉的手脚酸麻得厉害，一下子没站稳，倒在地上。

而她出来才知道这里是一片茂密的林子，放眼望去除了树还是树。

“游戏开始了，你跑，他们追。”

季小觉看了身后两个男人一眼，往后退了几步，然后猛地跑起来。

她也不知道自己跑了多远，耳边是呼啸的风声和飞鸟振翅的声音。可是都掩不住宛若鸣鼓的心跳声，好像下一刻就会被猛兽吃掉一样，绝望，恐惧，最后完全是一股求生欲在支撑着自己。

她快要跑不动了，季小觉找到一个可以停下来的地方。她仔细地分析了一下，刚刚自己反反复复地路过某一处地方，像是鬼打墙一样。

但是，她凭借着过人的记忆力，大概知道了该往哪里跑就是出口了。

季小觉深呼一口气，站起来。

可是她这个时候才发现，身后是另外一个木屋。季小觉愣了一下，她绕过来，推开门，姜有鱼果然在里面。姜有鱼被绑着手脚遮着眼睛，脚下还踩着一个地雷，只要一松脚就会爆炸。

季小觉走过去，停在姜有鱼面前："小鱼，我是季小觉。"

姜有鱼愣了一下，季小觉继续说："我来救你了。"

她说着解开了姜有鱼手上的绳子，然后趁姜有鱼不备，将自己换到了地雷上，把姜有鱼推开了。

姜有鱼跌坐在地上，掀开眼罩，惊恐地看着季小觉。

季小觉咬唇："你快跑，顺着东南四十九度的方向一直跑，他们快来了，没有时间了！"

姜有鱼哭着摇头。

"放心吧。"季小觉笑，"封烬说了他会来，我相信他。"

她相信封烬会来没错，但她不知道自己能不能等到。

"求你了。"季小觉说，"你快跑，跑出去告诉他我在哪里。"

姜有鱼哭着摇头，最后还是抵不过季小觉，冲了出去。

姜有鱼走后没多久，那个戴着头套的男人进来了，明明站在她面前，季小觉依然看不真切。

他笑起来："季小觉，你傻不傻？"

季小觉没有说话。

“既然这么想死，就换个地方吧。就算封烬赶来了，你也不在这里，多好。”他说着，季小觉下一刻便失去了意识。

季小觉再次睁开眼的时候，好像又回到了一开始的地方。

她依然被绑在凳子上，除脚下踩了个地雷之外，跟之前没什么两样。

或许也不是，空气里弥漫着一股诡异的味道。季小觉这才注意到，比起刚才，这间屋子是完全密闭的。

排气管发出一阵诡异的声音，化学毒气。

季小觉惊恐地看过去，眼前的屏幕又亮了起来。

封烬抱着姜有鱼，季小觉仿佛觉得他抱着的是自己，好像也没那么怕了。

她觉得自己有些没力气了，脚下也使不上力踩住那个地雷。

如果啊，封烬，我是说如果，如果我能活着出去，我一定跟你表白。

“相信我吗？”封烬的声音在耳边似梦似幻。季小觉歪着头，她忽然好想封烬的眼睛，她想下一次，一定要把自己装进他的眼睛里。

意识越来越模糊，她想起很小的时候，封烬曾经带着她试图逃离那个地方，可是最后失败了。

如果那个时候成功了会怎么样呢。

她和封烬会不会一起长大，一起上学，一起吃饭，一起走过路灯下长长的马路，悄悄踩他的影子。

一起成为这个世界上平凡的一部分。

可是，不得不承认，我们只能成为如今的自己。

“嘭”的一声，外面响起一声爆炸声。

然后，季小觉这次是真的听到了封烬的声音，他喊：“小鱼！”

封烬在安顿好逃命一样逃出来的姜有鱼之后，顺着她的信息又回到了那个地方，却被人拦住了去路。在他往木屋那边去的路上，忽然出现一个黑衣男人挡住了他的去路。

黑衣男人甚至准备从身后直接将封烬一招放倒，但是封烬躲开了，却免不了对方步步紧逼。这一次并不是乞丐，反而像是受过专业训练的人。

封烬跟他纠缠得够呛，到最后两人都负了伤。他仿佛只是在拖延自己的时间。可是封烬没有时间跟他周旋下去了。

这一次封烬动了真格。当了这么多年的警察身手是不必说的，更何况是封烬这样，并不怎么正儿八经长大的人。

最后，封烬还是顾及到了自己现在的身份，并没有置对方于死地，只是折了对方的手将其铐在了老建筑的石栏上。

可是封烬走了两步又停了下来，他好像听到了喘气的声音。是姜有鱼，她不放心，所以又跑回来了。

封烬没有说什么。

两人找到那个木屋，姜有鱼飞快地跑过去，正准备推开门。封烬的视线迅速地一沉：“小心！”

可是已经晚了。

“小鱼！”

封烬一把拉过她侧身护在怀里，背部一阵巨大的冲击力，两人匍匐着趴在地上，还好爆炸的威力并不大。

姜有鱼惊恐地看着封烬。而封烬立马回头，被炸烂的门挂在门框上，遮不住任何东西，取而代之的是灰白色的浓烟。而浓烟散开之后，里面除了一个显示屏，什么都没有。

季小觉不在这里。

封烬顾不上背部的疼痛，站起来的时候那个电话响起来。

男人的声音带着电流的质感：“一个惊喜。”

屏幕亮起来，只能看到一个隐约的轮廓。季小觉看起来奄奄一息地坐在那里，一动不动。

“季小觉在哪里？”封烬沉着声音。

“人不能太贪心，我说了是选择，你身边既然已经站着一个，那么这一个就不要奢望了。”

封烬从来没有过这样的恨意。他猩红着眼睛道：“放了她。”

“抱歉，现在她的命不在我这里，而在她自己脚下。”他忽然笑起来，然后声音戛然而止，整个世界陷入一种令人窒息的寂静里。

“老大！”路久的声音和一众脚步声响起来，他好像来晚了。

路久是在接到姜有鱼的信号之后立马带着队里的人赶过来的。可是看到的便是这样一个周身仿佛结了一层冰霜的封烬。他甚至不敢开口多问一个字。

“有这里的地图吗？”封烬忽然开口。

姜有鱼明白过来，接过路久手里的电脑，就地坐下来，手指在键盘上飞快地移动着，然后调出这里的卫星地图。

封烬迅速地看了一眼，目光定格在离这里大概一公里的一个悬崖边，那里以前有一个鸟笼一样的装饰。

路久大概明白了：“老大……”

姜有鱼这才有机会写给封烬看：“我出来的时候在那个地方看到了青山区化工厂的标志，他可能准备了化学毒气。”

封烬转身，边走边说：“联系拆弹组，一个人就可以，让他立马赶过去。”然后自己上了车。他顾不上脚下是不是路，总之就是疯了一样朝着那边飞奔而去。封烬紧握着方向盘，已经不知道自己是在发泄什么，还是靠着什么支撑着自己。

背后一阵湿热感划过，他才意识到自己可能受伤了。

可是下一刻，那个鸟笼一样的木屋近在眼前的那一刻，他踩足油门的那一刻，在他觉得季小觉会跳着朝他跑过来的那一刻，一声巨大的爆炸声，连着整个世界都抖动了起来。

封烬撞在方向盘上，漆黑的瞳孔里，印着一片跳跃的红色。

他来晚了。

而一分钟前。这边的屏幕上，路久正在吩咐技术科的人检测通信信号。

细微的声音从通信器里传来，屏幕里的人动了动，是季小觉的声音，路久很费力地才能听到她在说什么。

一声一声的“封烬”，仿似咒语。“你怎么还没有来啊……”

“季小觉？”路久从技术人员手里拿起传信器，“季小觉听得到我的声音吗？”

屏幕里的季小觉缓缓抬起头来，然后有什么弹开的声音，叮当落在地上，在忽然而至的寂静里仿佛被放大了无数倍。

随后，“嘭”的一声，炸得路久的耳朵只剩尖锐的鸣响，屏幕闪了两下黑了下去。

“季小觉！”

路久丢了手里的东西，跑到外面，目光所及之处硝烟弥漫。

姜有鱼跌坐在地上。

封烬踉跄着从车上下来，本来没多远的路，可是他觉得脚下仿佛绑着千斤铁一样，每一步都走得沉重又缓慢。

沈竹言走过来，满身狼狈，脸上还有许多细小的伤痕。他说：“封烬，对不起。”他其实在爆炸之前赶过来了。可是他站在门口闻到那种怪异的味道的时候觉得有些不对。他不确定里面的气体会不会在他打开门的一刹那爆炸。所以他犹豫了几秒，也就是这几秒钟的时间，事情比他想的发展得更快。

“为什么要说对不起？”封烬的声音听不出任何情绪，他看着火光的方向。说，“季小觉不在里面吧。”

不知道是在骗自己，还是骗别人。

“封烬，我……”沈竹言试图说些什么，可是好像说什么都已经晚了。

红光跳进了封烬的眼睛里，他仰起头，忽然之间整个世界都是季小觉的声音，轻快的，调皮的，任性的，胡闹的。她说，封烬，如果我能活着出去，我就跟你表白。

封烬的手无力地垂下来。

这一刻，他好像站在了世界的尽头，已经没有路可以往下走了。

5.

青山医院。

封烬坐在病床上，换上了自己的衣服。

护士刚给他的背部换好药，提醒道："封先生，您烧还没退，乱来的话可能会感染。"

封烬仿佛没听见一样，低头兀自扣着衬衣的扣子。

护士觉得，这位封先生可真是一个奇怪的人。

住院大概有一个星期了，她没听他说过一句长点儿的话。大部分时间都在看一个视频。她有一次瞥了一眼，只看到一道黑影，然后是一片火光。

路久进来，护士朝他投去一个求救的眼神。路久摊了摊手，示意她先出去，然后走到封烬的床边喊道："老大……"

"小鱼怎么样了？"

"还是那样子。"路久叹了口气，坐下来。

那一天好像变成了所有人的一个噩梦。

姜有鱼不知道为什么一直觉得原因在自己。那天之后，她就把自己封闭了起来，不跟任何人交流，总是看着窗户发呆。

“可能小鱼那天见到过季小觉吧。”路久猜测，小心地看了眼封烬，他依然没有任何表情，好像没有听到一样。

路久一直觉得封烬是一个很极端的人，极端无情，或者极端深情。

可他现在看不出来封烬是无情到已经把季小觉忘记了，还是深情到只能靠表面的若无其事来掩藏心里巨大的空洞。

“我要再说一遍？”封烬皱着眉头看向他。

路久回过神来，这才反应过来封烬说了什么。他确定了一遍：“你真的要去见小鱼啊，她精神状态本来就不稳定，这么刺激她可能会不太好。”

“我知道。”封烬语调平淡，“只是觉得视频有问题。”

“视频？”路久这才反应过来封烬说的应该是那一天季小觉被炸的视频。封烬这些天看了有一百来遍了。

明明只有一个画面，就是季小觉缓缓抬头，仿若呼吸般的那句“封烬你怎么还没来啊……”和接下来“嘭”的一声。

路久不知道这有什么好看的，有时候觉得，封烬这是自己往自己身上戳刀子的做法。

毕竟季小觉……

当时不光是他和姜有鱼，还有在场的那么多人都亲眼看到的。

事后清理现场的时候，他们花了好久的时间才找到了一半的尸体残骸，后来被季施简领回去了。

封烬穿上外套，走到门口才说：“路久，她还活着。”

路久猛地抬头。

封烬不知道那天的姜有鱼和季小觉之间发生了什么。

如果他猜得没错的话，当时被绑在木屋的那个人应该是姜有鱼，所以她现在没有办法面对封烬，更没有办法面对她自己。

姜有鱼在住院部三楼的病房。封烬下电梯的时候遇到了沈竹言。

沈竹言愣了一秒，然后问：“好点儿了吗？”

“嗯。”封烬并没有仔细注意沈竹言的表情，他走进来，和沈竹言并排站在一起。

沈竹言欲言又止，好一会儿才说：“封烬，也许这样对谁都好。”

“叮”的一声，电梯门打开了。

封烬问：“哪样？”

他也不是真的要知道答案，甚至不需要理解沈竹言的意思，好不好，他说了算。

封烬站在病房门口，敲门：“小鱼，是我。”

里面久久地没有动静。有护士过来送饭，封烬从她手中接过来，又说：“小鱼，我进来了。”

他等了三秒，推门进去。

姜有鱼抱着膝盖蹲在窗边的沙发上，侧着脑袋不知道在看什么。风有些大，她穿着单薄的病服，头发被吹得乱糟糟的。

封烬走过去，把手里的东西放在桌子上，替她把窗户关上，然后在她面前蹲下来，说：“害怕吗？”

姜有鱼从双臂里露出一双眼睛，满是歉意。

封烬觉得自己应该没有猜错。他拍了拍她的头：“没事，这是她的选择。”

姜有鱼又重新把头埋进膝盖。

“小鱼，记得我给你讲过的一个故事吗？从前有一只小鹿，不小心闯进了一片荒草园，可是她并不觉得这里荒凉，她在里面奔跑，嬉闹。她把身上粘的所有种子都留在了这里。然后这里开始百草丰茂。可后来她迷路了，再也没有回来过。荒草园又长满了荒草，因为荒草园任性地觉得，如果自己再次失去生机，她一定不会见死不救，一定会回来的吧……

“其实不是这样的，他必须足够繁茂，长到能够遮天蔽日，她才会在很远很远的地方，看到回家的路。”

封烬说：“小鱼，你得帮我。”

姜有鱼抬眼，眼眶红红的，点头。

结果跟封烬想的一样，这个视频是假的。

爆炸的那一瞬间，视频切到了另外一个画面，也就是提前录好的爆炸画面。

而现场的尸体是不是季小觉的，他们其实并不确定。

确定的是季施简。

封烬去了一次“未觉”。

他大概三个月没来这边了，好像有了些变化，又好像一切都一如既往，除了再也没有说要给他写一首歌的女孩子。他至今还没有来得及问季小觉，那两句他没有听清的歌词是什么。他现在很想知道。

季施简穿着一身黑色的鱼尾裙，肩上搭着季小觉上次穿过的披肩，华丽而优雅。

她喜欢薄荷味的爆珠，这么些年一直没有变过。季施简从人群里走过来，停在封烬面前：“你找我？”又说，“你有脸？”

“季施简，当年的事情是我不对。”

“哼。”季施简冷笑一声，缓缓说道，“没想到你封烬也会道歉。可是你知道吗，你不对的不只是当年，从最开始到现在，你每一件事情都是错的，你一开始就不应该出现在她面前。现在她死了，死无全尸，炸得稀烂，你终于可以不用再错下去了，满意吗？”

季施简总能这样，细致地用淬了毒的布擦拭着刀子，然后一下插进人的身体里，干脆又漂亮。

封烬晃着手里的啤酒杯，光影碎在里面。他仿佛看到了当年那个小小的影子，跟在他身后，跟了一路。明知道是地狱，却没有拦住她。

季施简也没什么好说的了，她转过身，舞台上的音乐忽然慢了下来，新来的歌手总喜欢唱一些缓慢又悲伤的民谣。

季施简吸了一口爆珠，冰凉的味道在口腔里炸开。

她吐出一口气，说：“封烬，我在孤儿院看到季小觉的时候她才三岁，脏兮兮的一张脸，裤腿卷了好几层，眼睛纯透清澈得像是一只鹿。我觉得好笑，明明这么可怜，什么都没有，凭什么能这么干净透彻。可是我依然想带她回家，我要给她食物，给她穿漂亮衣服，给她利刃和狡黠的心，给她柔弱的美和尖锐的刺。我把我的一切都给她，然后让她长成我失去的模样。”

季施简一口气说完这些，最后转过头来：“可是封烬，你做了什么。你毁掉了我养大的小姑娘。”

封烬和季小觉的故事，是从乌羽塔这个地方开始的。

乌羽塔这个地方，当年打着私立学校的名号，收的要么是家长管不了的小孩子，要么单纯地被家庭抛弃的小孩子。而封烬占了两样。

他父母出车祸去世的那一年，他才六岁，被大伯收养。而大伯母却很讨厌他，还有个处处为难他的堂妹。不过他也不喜欢他们。他在那个家很少说话，沉默寡言，面无表情，唯独脑袋聪明得不像是个六岁的孩子。

大伯母觉得他太可怕了，而且封烬父母去世的真相和她脱不了干系。她做贼心虚，怕被报复，所以明知道乌羽塔是个打着教育的名号做着虐童的事情的地方，还是把他送过去了。

封烬在那里待了四年。

他没有死，却尝遍了生不如死的感觉。

他十岁的那一天，好不容易成功地从乌羽塔逃出来，满身的伤痕。然后遇见了季小觉，在那个叫作枯月巷的地方。

她那个时候大概才六岁吧，像个洋娃娃一样，漂亮干净，眼睛像是一颗星星。

封烬路过她，可是季小觉却跟了他一路，大概是看他受伤了，所以跟着他，想把他安全送到家。可是封烬忘了，自己是没有家的。然后乌羽塔的人追了上来。封烬躲开了，只剩下季小觉。他们问季小觉，有没有看见他。季小觉摇头。可是那群人本来就不是什么好人，见到落单的季小觉就这么强行把她带走了。

封烬从墙角走出来，只要掉头跑开就可以离开那个地狱一样的地方，可是……他又回到了乌羽塔。他们说："我们还以为你跑了。"不听话的孩子都会被扔到那个叫作淘气屋的地方。封烬那天被扔了进去，季小觉也在里面。她已经哭到没有力气了，眨着眼睛，裙子脏兮兮的，像一只受伤的小动物。她问封烬："是不是因为我说谎了，所以他们要惩罚我……"

"不是的。"封烬说，"你放心，我会送你出去的。"

从那一天起，封烬这一生，都是欠季小觉的。尽管后来她不记得他了。

封烬从酒吧出来已经很晚了。

夜里沁凉的风吹在脸上，让人有一种从梦里醒过来的感觉。

路上来来往往的人影短短长长。他在原地站了会儿，像是在等什么。不知道过了多久，应该是很久了，他侧了侧头，视线的余光落在身后的墙角。他现在才明白沈竹言的意思，她不想见他，或许对大家都好。

如果这样的话，她觉得好，就好。

封烬迈开步子，没有再回头。

四

猜猜我有多爱你

方寸世界触目可及，最初是我遇见你，最后是我爱你。

Chapter.1

季小觉，你最该跟我道歉的。
是你有过目不忘的能力，也有唯独忘了我的本事。

1.

日语里有个词，叫作“小春日和”。

季小觉一直以为说的是春天，后来才知道说的是秋天到冬天的这段时间，持续着像春天一样的温暖天气。

这个时候季小觉才意识到，现在已经农历十月了，也就是她离开那个地方三个月了。

H城离A市不远，车程也就三个小时。

“未觉”的神秘老板，也就是季施简的男朋友就是这里的人。他在这里地位不低，房产也不少。

季小觉三个月前被季施简带到了这里，一是疗养身体，二是不要季小觉和那个人再有一点儿可能性。

季施简连工作都给季小觉安排好了，在某个政府机关当了一个小文员，整天帮忙打印文件端茶送水。至于三个月前的那场爆炸，季小觉本来也以为自己要死了，可是脚下松开的时候并没有自己预想里的爆炸，只是吸入了过量的化学毒气，意识有点儿不清醒。然后，季施简和她的男朋友就出现了。季小觉当时抓着季施简的衣服，反反复复只有一句话：“封烬呢？”

然后，她就昏了过去，接下来发生了什么她也不知道。只记得醒过来的时候是在医院里，季施简坐在她的床边。

季小觉还是问：“封烬呢？”

季施简生气的时候会很凶地骂人，骂得再难听也是正常的。可是当她生气到极点的时候，其实是不会说一句话的。

她站起来，说：“季小觉，你自己想清楚，封烬从头到尾带给你的除了死，还有什么。我养大你，不是让你为了一个男人反反复复把自己扔到鬼门关。”

季小觉想说这其实不关封烬的事，都是她自愿的，可是季施简完全不给她说话的机会。

季施简刚出门，他男朋友就进来了。

这其实是季小觉第一次见他，据说是一个物理学家，酒吧只是业余爱好而已。

他走过来，停在床头，举手投足儒雅又有涵养，与季施简的尖锐暴躁完全不同，他说：“季小姐，施简性格急了点儿，但是希望你能明白一个当家长的心。”

季小觉低下头。

他继续说：“我的意见或许不太成熟，但为了保护你，我和施简的意思是一样的，建议你暂时还是离开这里。”

“为什么……”

“封烬很危险，这点你应该知道了。”

“可是我……”季小觉想说什么，对方代替她说完了：“可是你很喜欢他？”

季小觉没说话，算是默认了。

他笑了一声，继续说：“那就更要留着自己的命不是吗？相信我，等他处理好自己的事情，会去找你的。更何况你现在的状态……”

季小觉怔了一下。他没有说完，但是季小觉明白他的意思。那个时候，她没有被炸死，但是吸入过量毒气伤到了她的小脑神经，现在经常性地反应不灵敏，有时候甚至无法保持平衡。季小觉不得不面对一件事，她大概这辈子都不可以当警察了。所以她同意了。

可是那一天她没忍住，悄悄地去找过封烬。但是封烬去了姜有鱼那里，他在里面待了很久。季小觉在外面蹲了很久。

封烬去“未觉”的那一天她也在。

可是他从头到尾都没有问起过她，好像季小觉这个人真的死掉了一样。不仅仅是死掉，是从他的人生里，彻底消失了。

“季小觉又发什么呆？”领导敲了敲桌子，“下午市局里有个学习会，你替我去一下。”

季小觉的工作说白了就是跑腿，她早习惯了。她接过领导递过来的单子：“市局，哪个局？”

“公安局。”

季小觉愣了一下，不是因为听到领导的话，而是因为她一眼瞥见邀请函上的嘉宾，封烬。

本来以为遥遥千里，不刻意谁都不会遇见谁，可现在看来，遥遥千里也不过一纸的距离而已。

“怎么了？”

“没什么。”季小觉把邀请函递回去，“我忽然有些不舒服，能不去吗？”

“算了算了，我找别人，你回去好好休息吧。”领导挥挥手，一肚子怨气。明明看起来是个聪明灵巧的女孩子，谁知道是个脑子有问题的人，一喊半天不应，木木呆呆的。可她又是上面的人安排过来的，他不敢骂也不敢吼，还得哄着供着，可真是受罪。领导不情不愿。

季小觉今天回家早，没什么事，跟季施简打了个电话报备了一下日常。

季施简说：“我明天过来，跟你一起去医院。”

“嗯。”季小觉点头，说，“其实我没什么事了，就是想偷懒，所以故意反应迟钝。”

“那我不还得夸你挺聪明的。”

季小觉吐了吐舌头，挂了电话之后觉得有些饿了，打开冰箱，里面什么都没有，于是换了件衣服出门。

封烬不可能不知道季小觉在哪里。

但是作为特邀嘉宾来这里讲座并不是他刻意的，只不过是局里安排，有人顺水推舟而已。

一开始是让沈竹言过来的，毕竟是大学教授，但是沈竹言临时有事，路久极力推荐了封烬。

学习会的通知都是政府统一下达的，来不来也是自愿。

但是封烬特意让人安排了一封邀请函，送到了一个地方。可是最后拿着请柬来的人并不是季小觉。

封烬自嘲一笑。

路久倒是跟在后面看透了:“小姑娘倒是跟着某人学得到位,脾气犟得很。”

封烬看了他一眼。路久笑得不怀好意，说：“老大，你想她的吧？”

“少说两句。”封烬提醒道。

路久比了个手势，道：“OK，那我去找她吃个饭吧，毕竟这么久没见了，也不知道她还记不记得我。”

封烬没有理他，面无表情，但有些心不在焉。

分享会安排在警察学校的学生礼堂。来的除政府安排的那些相关人员之外，大部分都是学生。偌大的礼堂座无虚席。

后排的学生交头接耳，偶尔会发出莫名其妙的赞叹，然后喊来更多的人。

封烬不擅长这种分享会，也不喜欢，总有一种斩首示众的感觉。但是忽悠人他还是绰绰有余。

而且他嗓音有一种特有的质感，就算是没有任何感情和语调也能像磁场一样不由自主地把人吸进去。

一开始还有些絮絮叨叨的声音，后来就只剩下封烬的声音在整个礼堂里回荡了。

他从头到尾行云流水一气呵成，台下的人无一不崇拜又沉迷。

可是在快要结束的时候，封烬一下子就忘了自己要说什么。

整个会场，在某一秒陷入一种诡异的安静当中，所以显得那个细碎的声音格外突出。

像是小老鼠，上灯台。

路久好奇地顺着封烬的目光看过去。那道身影撞进视线的那一刻，他居然想哭。

季小觉小心翼翼地坐在最后一排的角落里，鲜活灵动，算不上是死而复生，但是他知道，对于封烬来说，是失而复得的宝物。

路久回过头，瞥见封烬上扬的嘴角，又倏地收回。

台下一片女生吸气的声音。大概只有他自己不知道，他现在的表情多么温柔，又迫不及待。

像是十几二十岁的少年一样，兴致勃勃，鲜活又生动。

季小觉看着台上的人。

他们三个月没见面了，可是他一点儿都没变。精致妥帖的西装、衬衣。头发好像变短了点儿，衬得人更加好看了。他好像还瘦了一点点，声音还是会让她有一种心跳加速的感觉，看起来过得很好。

直到眼睛里传来酸涩的感觉，她才意识到自己许久都没有眨眼睛了。季小觉揉了揉眼睛，手指上湿湿的。

她在里面坐了一会儿，然后站起来，又偷偷摸摸地从小门出去了。

秋天的凉风沁人心脾，风一吹季小觉才回过神来。

明明只是出来买个吃的而已，可自己也不知道怎么就走了一个多小时的路走到这里来了。

她摸着肚子，封烬的声音越来越远，她也走得越来越慢。直到后来一点儿也听不到了，季小觉才敢回头看了眼，好像已经散场了，没有人追出来。

季小觉在学校门口找了家店，随便买了份饭打包，又沿着原路返回。从季小觉住的地方到这所警察学校要穿过一个公园。因为公园里种满了梧桐树，所以就叫梧桐公园。天色暗下来的时候公园里所有树上的小彩灯会亮起来，照着长长的一条梧桐路，一段是橘黄色，一段是翠绿色。

许多人都会在工作结束后的傍晚过来散步。

季小觉走得很慢，追着树叶的影子，蹦蹦跳跳地走着。

前面忽然乱糟糟的一片声音。

季小觉看过去，好像是一群刚搞完志愿活动的小学生，拿着铁锹铁桶，逆着她的方向蜂拥而来，熙熙攘攘地撞在季小觉身上。铁锹刮到手上，还有些疼。

季小觉病还没完全好，不敢乱动，怕摔跤。可还是免不了被乱跑的小孩子撞到，她还是没站稳，一个踉跄，被人拉住了胳膊，然后跌进了一个怀抱。

季小觉愣了一下，手里的饭掉在地上也没反应。

另一只手紧紧地抓着他熨帖的西装，捏出了褶皱。耳边的声音渐渐消散，可她始终不敢抬起头，她怕他看见自己哭了。

好久，等她想退出他的怀抱的时候，封烬却不让了。

他的手依然搭在她的后脑勺儿，让她靠在自己的胸口。大概是讲了太久的课，封烬的声音有些哑，问："来都来了，为什么又走了？"

季小觉的心在这一刻好像能挤出水来。

"封烬……"

"你别动。"封烬打断她，"好歹为我考虑一下。"

季小觉想起后来全都撞到他身上的铁锹，问："你也很疼吗？"

封烬沉默了一会儿，说："我也很想你。"

彩色的灯光变幻莫测，嫩绿、苍翠、橘黄、银白的光照在树叶上，短短的一分钟而已，好像经过了四季。

季小觉也不知道自己后来怎么就在封烬的车上了。

"抱歉，弄掉了你的饭。"刚刚的温柔好像都是季小觉的臆想而已，现在的封烬才是真的封烬，冷漠而客套，"请你吃饭，当作补偿吧。"

"不用了……"季小觉拒绝道，"我得早点儿回家。"

"去你家也行。"封烬一点儿都不客气，"我对吃的不怎么挑剔，随便做点儿什么都可以。"说完发动车子，"住哪儿？"

季小觉张着嘴，诧异得说不出话来，封烬脸皮有这么厚吗？

她支吾了半天："封烬，你……"

"我什么？"封烬本人倒并没有觉得有什么不对，"想说我不是这样的吗？"

季小觉咬着嘴唇，点头。

封烬低头笑了一下，有些自嘲的意味，问："季小觉，不然你告诉我，那天为什么要救姜有鱼？"

季小觉愣了一下，没想到他就这么提起了这件事。她也低下头，看着自己的手心，上面还有些没有痊愈的小伤口。

季小觉许久才开口说："因为她是你要保护的人。"

“为什么？”封烬继续问。他的目光深邃，仿佛要把人吸进去似的。

季小觉喃喃开口：“封烬，你只会欺负我。你明明知道还要问我。”

“你不说，我不知道。”

“你知道我喜欢你。”季小觉脱口而出，可说完才意识到自己说了些什么。她忽然有些局促，不敢去看封烬现在的表情，偏过头看着窗外。

后来，她索性一口气全部坦白了：“我救她是因为她是你要保护的人。因为我喜欢你，所以想要和你做一样的事情，你喜欢的我也要喜欢，你在意的我也在意，所以你要保护的人我也会拼了命地保护……”

狭小的车厢隔开了外面的车水马龙。封烬的声音在这样的空间和时间里更显低醇。

他过了许久才说：“那就乖一点儿，好好爱你自己。”

季小觉回过头来，她不明白封烬的意思。

封烬发动车子，好像说了五个字：“一样的事情。”

季小觉以为是自己的错觉，可封烬一路都没再说话了。

一直到她家楼下，车子停了许久，封烬也没动静。但是季小觉现在知道了，她没有说自己住哪儿，可是封烬却能准确无误地走到这里。

也就是他一直都知道她还活着，过得还算不错。季小觉心里忽然有了一种很奇怪的感觉。

“季小觉。”封烬忽然叫她的名字。

“嗯？”

封烬偏着头，光影勾勒出他侧影的轮廓太好看。他垂着眸子，漫不经心的语调，继续说：“我一直活得理智又谨慎，给自己定了无数的规矩和原则，然后在这些框架里过活。可你来了之后，总是能轻而易举地把我弄得一团糟，不理智，不冷静，没有原则，就像一座坍塌了的塔，最后就只剩下你。”

季小觉眨了眨眼，她从来没有听过封烬一下子说这么多话，也不明白封烬忽然说这个是什么意思。大概是自己的病还没有好，所以反应有些跟不上来。

封烬忽然看过来，将季小觉的慌乱尽收眼底，直视她道：“季小觉，你明白我的意思吗？你毁掉了我所有的原则，成了我唯一的原则。

“所以，要不要考虑一下对我负责？”

2.

季小觉做了个梦，梦见封烬疯了。

她猛地从床上坐起来，揉了揉自己的脸，指腹触到耳垂上冰凉的一点时她才彻底惊醒。

季小觉一个翻身坐到镜子前，乱糟糟的头发，睡眼惺忪的自己，耳垂上却有一粒细小的耳钻，早晨的阳光不小心掉进去，就成了一颗星星。

这是封烬昨晚给她戴上的。

她之所以对耳钉没印象，是因为所有的注意力都在封烬用他有些粗粝的指腹抚弄着她的耳垂时的触感上。

季小觉小心地碰了一下那粒耳钉。

忽然想起一件事，如果不是梦的话，那封烬就是真的疯了啊！

不然他为什么会忽然说那么多暧昧的话。季小觉认识的封烬可是一个永远高傲凛冽，有仇不报非君子的人啊。

外面有开门的声音，季小觉一惊，胡乱地拨了一下自己的头发，遮住耳朵的部分，然后趿着拖鞋出去。

季施简的精致和现在的季小觉站在一起就像是女王和她的女仆。

季施简嫌弃得看都不想看季小觉："十一点半，给你半个小时的时间收拾完，然后我送你去医院。"

季小觉觍着脸给季施简倒了杯水："施简姐，你吃饭了吗？"

季施简一眼看出她的小心思："你睡着不想醒的时候怎么就没想到自己没吃饭呢？"

季施简从进来开始到现在目光从来没有在季小觉的身上停下过。她像是一只高贵的猫，巡视着自己的领域，寻找这个屋子里不该存在的存在。

她当然知道封烬来了 H 城。不过还好，季小觉还算乖。

二十分钟后，季小觉坐在季施简的车上。

季施简今天开的是她男朋友的车，改装过的，一张座椅的价格都是季小觉没法想象的数字。可是前面又有一个非常不符合整辆车气场的摆设——三片花瓣的小花摇头摆件，伸长了枝干摇摇晃晃。

季小觉问："姐夫没有跟你一起来啊。"

"少扯有的没的。"季施简目不斜视地看着前面的路，准确地说是红绿灯对面的那辆车，眼神在某一瞬间变得警觉起来，"封烬来了这里，你知道吧。"

季小觉被问得一慌，她甚至不确定季施简用的是疑问句还是祈使句，于是有些不自在地拨弄了一下自己的头发。

季施简的目光仿佛一道光一样照得季小觉无处遁形，她只好老实交代：“嗯。”又说，“我知道是因为我们部门收到了他的讲座邀请函。”

“邀请函？”绿灯亮起，季施简一踩油门，跟那辆车擦身而过，“我怎么不知道一个讲座还有什么邀请函？”

季小觉心想我也不知道啊。

“算了。”季施简也没打算听她编借口，说，“季小觉，我劝你好自为之。这一次你要是再一头扎进去的话，我这辈子都不会再管你了。”

季小觉看着那盆小花，有些出神，问：“施简姐，是不是只有他不可以……”

“是。”

“因为你觉得当年是他把我带到乌羽塔的吗？”

季施简怔了一瞬，差点儿撞上对面直行的车子，她稳下来：“你记得？”

“沈竹言告诉我的。”季小觉说。

她跟沈竹言一直都是有联系的。因为沈竹言会告诉她许多封烬的事情。大概是想让她回到封烬身边吧。

沈竹言跟她提起这件事的时候，季小觉并没有多大的震惊。

她其实一直都记得在乌羽塔的时候总是一言不发保护着她的人就是封烬，却不记得是自己傻乎乎地为了保护封烬才被掳走的。

可是天知道她知道这件事之后的第一反应，是她有多庆幸，那个时候想要保护他。

“施简姐，可是，你这一辈子，不也就爱了姐夫一个人吗？”

季施简明白季小觉的意思，却无动于衷，许久才说：“可我也爱你。”

季施简是一个吝啬于表达爱的人，更别说这样赤裸裸地说出来，大部分时候都是管教和辱骂。

季小觉的眼眶一阵酸涩。

她一直以为季施简是讨厌她的。

因为在他们家领养她之后的第三年，也就是季小觉消失的那一年，季施简的父母在寻找她的过程中因为意外事故去世了。

所以，季小觉觉得季施简理所当然地该恨她，讨厌她。

可是没想到，她说爱她，因为是家人。

车子在郊外的一家私人医院外的草坪上停下来，季施简没有下车，说：“你自己进去吧，我在外面等你。”

季小觉点点头，想说什么，还是忍住了。

季施简一直看着季小觉被护士接到才转动着方向盘离开。她往外走了一小段距离，又看到了那辆车，只不过这一次开车的人站在路边。

是封烬。

季施简停下来。她从车上下来，趾高气扬地走到他面前。即便是仰着头看他，季施简还是保持着她惯有的姿态。

“要是她再受一点点伤，我保证你这辈子，连季小觉三个字都听不见，也保证你会付出千百倍的代价。”

封烬看着远处的那栋小洋楼：“谢谢。”

“不客气。”

季施简转身，驱车扬长而去。

季施简之所以会妥协，不是因为封烬从国外给季小觉找了这么一个医生专门给她治病，也不是因为封烬这三个月来其实一直都在暗中保护季小觉。而是因为季小觉问她的那句，你这辈子是不是也就喜欢了这么一个人。季施简的答案是，不是。她爱过很多人，见过了世上最高的山和最深的海，最后才决定是他。

可是季小觉呢，她就见过这么一个人，明知道外面还有缱绻的夕阳和缠绵的日曜。可是依然，只要这么一个。目光短浅是一辈子的事情，季小觉这辈子只能看到封烬。季施简不得不妥协。

季小觉一直觉得这家医院很奇怪。一栋西式小洋楼，里面只有一个医生，很年轻，戴着金框眼镜，白净又斯文，话不多。

他看了下检查结果："今天状态很好，保持这个状态的话应该不久就可以好了。"

季小觉有些不好意思。因为她虽然脑袋里乱七八糟的，但是确实心情好，而心情好自然是因为封烬。

"最近没再摔跤或者是出现什么反应吧？"

季小觉想了想："昨天好像还有点儿不对，反应不过来的样子。"

"是吗？"医生倒了杯水递过来，抬眼瞥见窗外停下来的车子，说，"那不能怨我医术不精，可能是因为爱情。"

"啊？"季小觉脸一红。

医生抬眼，往外指了指。季小觉看过去，封烬从车上下来，全部是她喜欢的样子。

3.

季小觉不知道封烬是怎么避开季施简过来的。

她出去的时候先躲在门后面悄悄给季施简打了个电话，可是她没有接。于是，她又给季施简发了个短信："施简姐你去哪里了？"

"她回去了。"封烬不知道什么时候走过来的，吓了季小觉一跳。

关键是她还要假装不知道他来了，她故作惊讶："哎呀，封烬你怎么在这里啊！"

封烬看了她一会儿，从善如流地答道："刚好路过。"

"……"

路过这荒山野林的小洋楼是要去哪儿，也只有封烬能面不改色地把话题继续下去了："饿吗？"

季小觉犹豫了一下。

她没有不听季施简的话，只是每次一见到封烬，自己所有的原则和保证都被抛到脑后了。就好像，把每一次和他相处的时光都当作是世界末日的前一天，就不乖最后一次。季小觉在心里说服自己，然后点头。

"想一下想吃什么，我进去一下。"封烬抬着下巴朝里面指了指，然后走了进去。而季小觉到现在都没觉得封烬和医生居然是朋友。

封烬进来问了下季小觉的情况。

“恢复得还不错。”医生环手靠坐在桌子上，然后推了推眼镜，说，“记得账结一下。但我很喜欢你这处房子，如果你不介意的话可以拿它来抵消。”

封烬不屑地瞟了他一眼，急着出去的时候又被叫住。

医生神色严肃了一些，问道：“那件事处理好了吗？”

封烬没说话，他走上来，拍了拍封烬的肩膀：“封烬，我可不想再被你千里迢迢拉回来救人，季小觉的死活以后都在你身上了，你自己想清楚。”

封烬出来的时候季小觉正蹲在地上和一只猫说话。

他看了好一会儿，季小觉才注意到他。她看过来的时候眼睛亮晶晶的，跑过来：“对了，封烬，封宝最近怎么样了！我好想它啊。”

封烬有些不乐意，语气倒一如既往地平淡：“你想多了，它不怎么需要你牵挂。”

季小觉跟在封烬身后：“为什么啊？”

“因为人比较需要。”

季小觉脚步顿了一下，理解了封烬的意思之后感觉脸上热热的，深呼了一口气才追上去。

两人一起去吃了火锅。季小觉从来没有想过封烬这样的人也会坐在人声嘈杂的火锅店里。总觉得他长手长脚地窝在这里有些拘手拘脚。

而他凝着眉看着一桌子乱七八糟的东西，明明很嫌弃却又必须得吃下去的样子让季小觉忍不住偷笑。封烬看了她一眼，没说话。季小觉就肆无忌惮地继续盯着他。

“我比较好看，还是饭比较好吃？”封烬漠然提醒了一声。季小觉才恍然惊觉自己盯着封烬看许久了，她说："封烬，我记得刚认识你的时候，你话没有这么多。"

封烬跟尝毒一样吃了一根豆芽，觉得还不错。他抬眸看着对面："怪谁？"

"难不成怪我啊。"

"嗯。"封烬应了一声，爱上了吃豆芽。

"那也是你活该。"

封烬慢条斯理地擦了擦嘴，季小觉以为他要大动干戈对她进行语言攻击，可是封烬却只说了一个字："是。"

季小觉总觉得封烬有什么别的事情要和她说，可一直到吃完饭封烬都将她送到她家楼下了也没等到他开口。

两人坐在车里，外面有小孩子偷偷放烟花，小小的火花在手里炸开，璀璨夺目。

季小觉想起什么来："封烬，今天是平安夜呢。"

"是吗。"封烬顺着她的目光看出去，"抱歉，我之前对节日没什么概念。"

"说得跟之后会有一样。"季小觉嘟哝了一句。许久没有听到封烬的回应，她还以为他生气了。

回过头，她撞进封烬的视线里。

季小觉脸蓦地一红："你干吗……"

封烬说："季小觉，我可能得离开一阵。"

季小觉心里一沉，一整晚的好心情在此刻荡然无存。可是又觉得自己莫名其妙，封烬凭什么要一直在她身边。

她没心情看小孩子放烟花了，看着自己的手指：“嗯。”

季小觉的反应尽数落进了封烬眼里，封烬觉得，牵挂真的令人丧志，但是他又有不得不做的事情。

“我会回来陪你过元旦。”

季小觉看着自己的手指，七天。她从来没有过七天原来有这么久的概念。她沉默了一会儿，说：“封烬，我还有笔账没有跟你算。”

封烬愣了一下：“嗯，你说。”

“你知道我没有死，知道我在这里，对不对？”

“……是。”

季小觉有些委屈：“你知道吗？我一直以为你是真的觉得我死了，所以我经常会在梦里看到你很难过，很想念我。我愧疚得要死，于是醒过来的时候那种难过全部成了我的。现在看来，难过也确实全部都是我的。”

“季小觉。”封烬揉了揉额角，许久，有些无奈地解释，“你总是把你想象中的那个无情的我强加给真实的我。你看着我，谁说我不想你了。”

季小觉愣了一下，明明看着别处，可眼前还是他那双深潭一样的眼睛，质问道：“那你为什么不早点儿来找我……”

“对不起。”封烬说，“本来会更晚一点儿来见你，可是那天实在忍不住了。”

季小觉好像总是能轻易地缴械投降，她回过头：“封烬，你在补偿我吗？”

封烬没跟上季小觉的思维：“为什么这么说？”

季小觉沉默了一会儿，才说：“因为所有人都告诉我，你是个很难搞的人。”

封烬嘴角一抽，听她继续说完：“我一开始也这么觉得。虽然我喜欢你，当然会希望你也会有一点点喜欢我，但是如果你不喜欢我的话我完全不介意。毕竟是我，喜欢你。喜欢在于我，喜怒哀乐都不会强加给你。可是你现在太让我奇怪了，你好像很好搞的样子，是因为我救了姜有鱼吧……其实你不用觉得对我有所亏欠……”

“季小觉。”封烬揉了揉眉心，打断她，说，“姜有鱼是我同事的妹妹。我只不过……帮忙照顾而已。”

这对于封烬来说是一段不怎么好的记忆，甚至是某些恐惧的来源。季小觉没想到他会跟她说这件事，作为解释。

季小觉心里一抽，在心里已经承认自己无理取闹了：“哦。”

封烬叹了口气，说：“你记不记得最开始的时候。在白竹港警局，你来找我道歉。”

季小觉看着他：“嗯，你那个时候就是从头到脚写着我很难搞的样子。”

封烬继续说：“你那个时候说了无数个道歉的理由，其实一个都不是。你最该给我道歉的，是你有过目不忘的能力，也有唯独忘了我的本事。”

季小觉怔住了，回忆瞬间翻滚到眼前。

封烬看着季小觉的反应，猜她大概终于记起来了：“不解释一下为什么会忘了我吗？”

“我没有忘记你。”

季小觉的回答让封烬一愣。

季小觉怎么可能忘记那个永远在暗处默默保护她的少年呢，那是她心上的神祇。

她又低下头，仿佛自言自语：“我就是不敢相信，老天爷会对我这么好。在我以为自己弄丢了自己最宝贵的东西之后，还会把他还给我。”

“所以你也知道是我把你带进那里的。”

“因为这个吗？”季小觉看着他，“所以你还是觉得欠了我，为了补偿我？”

封烬不知道怎么又绕到这里了，他一向清晰的思维此刻被季小觉绕得一团乱，连解释都显得慌乱：“不是……”

“其实不用这样的。”季小觉并不打算听他的解释，说，“封烬，我喜欢你，是那种，如果人生可以重来的话，我还是会做出同样的选择的那种喜欢。我不想你那天只是从我身边路过，而我只是看着你路过，所以哪怕前面是地狱，我也要遇见你。因为我是真的，很喜欢你。”

六岁的季小觉为了保护封烬而失去了一大段人生。

可是对于季小觉来说，她努力活着，努力长大，努力变得更好都是为了再遇到他的时候可以无所顾忌地喜欢他。所以季小觉觉得，那以后的人生，全部是他给的。

封烬看着眼前的女孩子，他这一生仿佛行走在荆棘林里一般，即便小心翼翼，也依然免不了遍体鳞伤，所以他给自己套上一层厚厚的壳。

可是季小觉，她是小精灵吧，把所有的尖锐融化成了月光，淌了一地，淌满了他心上。

封烬在季小觉抬头的一瞬间，把她拉进了怀里。

他轻轻抱着她：“不会怪我吗？”

季小觉摇头：“只有爱你。”

Chapter . 2

你不是说我是一个斤斤计较睚眦必报的人吗？
所以你爱我有多少，我不会比你少。

1.

季小觉第二天是被季施简的电话吵醒的，可是接起来却不是季施简，而是她的男朋友。他一向是个温柔理性的人，这一刻的语气焦灼得不像他，问：“季施简在你那里吗？”

季小觉愣了一下，脑袋里还是一片混沌：“不在。”

“帮我找一下封烬。”他说完挂了电话。

而季小觉一时之间还没有反应过来发生了什么。

只是心里有一种非常不好的预感，她拨了两次才打出去封烬的号码，可是打不通。

季小觉赶紧从床上起来，站起来的一瞬间脑海里有什么一闪而过。

颜色。

昨天季施简车子上的那个摆设的颜色好像在哪里见过，一模一样的深浅度，青色，绿色，黄色。

记忆争先恐后地从脑袋里面涌来。季小觉坐下来，在纸上不知道胡乱地画着些什么，好像是乱七八糟的线，可是又像是藏着某种东西。

只有季小觉自己看得懂的信息。

季小觉猛地停笔，笔尖的墨在纸上晕开。

唐千叶。

唐千叶那个时候桌子上的信封。信封右上角像是防伪码一样的三个颜色；后来是钢琴手的化妆台上并排而立的三个人偶裙子的颜色；最后是那天自己脚下踩的炸弹的三根导线的颜色；或许还有更多，但这三个已经足够说明些什么了。

记忆串联起来，生活处处都是微不足道的东西，谁能想到三个颜色却是一个杀人讯号。

季小觉忽然有些记起来，最开始看到这个信号是在哪里了。

以及被她漏掉的一次。

季小觉给封烬发了一条消息，然后自己朝公司赶过去。她仔细地想了一下，那天收到的信封不是封烬给她的那封。

信封封口处是三道色印，恰好是这三个颜色，而且她当时甚至没有注意上面写的到底是什么，现在想起来，那些被她忽略的细节，正是她错过的真相。

季小觉是从垃圾堆里翻出那封邀请函的。

烫金色的硬质纸，上面有突起的花纹，摸上去指腹上有凹凸不平的触感，是一朵只有三片叶子的小花。

这让季小觉心里一阵战栗。

三片叶子的小花，是乌羽塔的校徽图案。她怔了神，手心已经有些冒汗。

季小觉打开来，整张纸只有一句话。

欢迎你的到来。嘉宾：封烬。

果然，她当时只注意到了嘉宾一栏写着封烬的名字。甚至没有注意到末尾的日期，写的并不是那天，而是今天，12 月 25 日，圣诞节。

乌羽塔。封烬在乌羽塔。

季小觉心里不好的预感越发强烈。她甚至开始觉得，这些天的封烬像是死亡前的回光返照一样。他是来跟她告别的。

季小觉忽然被一种巨大的恐惧包裹住。

乌羽塔在十五年前就已经被查，早就不复存在了。为什么又会出现？那封烬现在又在哪里。

季小觉慌乱地拨通了路久的电话。

路久已经快到季小觉家小区门口了。他看着手机屏幕上的陌生号码来电，不用想就知道是季小觉。

她找他要封烬，而封烬派他来看着季小觉别让她找到自己。

他叹了口气，接起来。季小觉在电话那边，语气很急："封烬呢。"

"出任务去了。"

"乌羽塔吗？"季小觉问得路久一愣，她怎么知道？

季小觉继续说："路久，我姐姐大概也在那里，求你，告诉我乌羽塔在哪里。"

路久不知道。

封烬只告诉他这次案子和十五年前被封查的乌羽塔有关，可是没有告诉他具体情况。

封烬对他唯一的交代就是看好季小觉。

“季小觉……”路久不知道该怎么安慰，“你相信老大，他……”

路久没说完季小觉就挂了电话。等他到了季小觉家的时候，季小觉已经不在了。

路久心里一慌，好在封烬早就预料到这一点，给了季小觉一个定位器，也就是那粒耳钉，能精确到一米。

路久迅速地拨通了姜有鱼的电话：“跟一下季小觉。”

可是过了会儿，姜有鱼却发来一条消息。

“封烬之前让我查的乌羽塔当年所有人的信息已经查到了，其中有一个叫作陆风的人。后来死了。”

这些路久知道，封烬怀疑过凶手就是当年从乌羽塔出来的那些人，可是所有活着的人都被排除了。死了的人就更不用说了。

姜有鱼接着说：“十五年前的公交车翻进河里的事故。当时死了七个人，两人重伤，其中一个人是沈竹言。”

2.

季小觉知道路久不会告诉他的，所以她只能向沈竹言求助。

沈竹言接电话的时候那边的声音十分嘈杂，不过都是“沈老师，沈老师你能吃辣吗？”这样的问题。

“季小觉？”沈竹言的声音依然是最有穿透力的。

“沈老师，你现在忙吗？”

“现在……”沈竹言看了眼前面一众学生，说，“跟学生一起聚会，怎么了？”

“……”季小觉正犹豫的时候，沈竹言说：“遇到什么问题了吗？要不我来找你？”

“不用了，不用了。”

“那你要来我这里吗？”沈竹言说，“都是你学弟学妹们，应该很好相处。有问题我也可以帮你解决。”

季小觉犹豫了一下，说：“好。”

“嗯，能自己一个人过来吗？”沈竹言说，“我把地址发你。”

他停下来，入目一片苍黄的秋色。

学生们回过头，问：“沈老师，这是哪里啊？”

沈竹言挂了电话，时间好像在他眼里凝成了一颗琥珀，他回答：“乐园。”

季小觉买了最快的一趟高铁回到A市。

沈竹言发过来的地址她不太熟，看地图是在白竹港警察学校后面接近城市边沿的地方，临海。

季小觉找了出租车直接报了地址。

直到车子穿过城市的边沿，走向另外一个城市的时候，被季小觉遗忘的记忆才缓缓归位。

她怔了怔，脑袋里一阵一阵地疼。

季小觉听见自己的声音，问：“师傅，您知道这是什么地方吗？”

司机不甚在意，说：“乌村啊，景色不错，本来说准备搞什么旅游村的，但是搞了十几年都没搞起来，估计是不行了。”

季小觉张了张嘴，没发出声来。

只听师傅接着说：“对了，还有十几年前被查封的那个什么违规学校，叫什么乌什么的就在那边。”

某根弦在脑海里断开。

季小觉看着窗外，喃喃道：“乌羽塔。”

“是是是，就是这么一个地方，已经到了。”

柏油路两边苍翠的香樟树掩映一片青黄色。隔着一条河，河对岸是宛如城堡一样的建筑，青色的圆顶，黄色的墙面，像是一个梦幻庄园一般，却被岁月蒙上了一层厚厚的灰尘，变成了荒原。

季小觉从车上下来，从路口进去，穿过一条漫长的路，两旁是茂密的樟树，遮天蔽日。而乌羽塔就藏在这层层掩映的密林里。

季小觉小的时候觉得这条路很长很长，仿佛走完一生都走不出去。

有一天晚上封烬带着她逃了出来。他们顺着这条被月光铺满的路跑了很久很久，跑到一半的时候季小觉停了下来。

因为她看到了银河，静静地淌在夜幕里。她指给封烬看。

后来他们没能成功逃出去，但是一起看过最美的夜色。那是属于他们两个人的记忆。

季小觉没想过自己会再次回到这里。她停下来，老旧的铁门上面缠满了藤蔓，腐朽了的木头一半被埋在地里。

唯独那块招牌宛如被打理过，露出隽永的三个字，乌羽塔。

电话响起来，季小觉猛地回过神，是沈竹言。

她接起来，沈竹言的声音一如既往的温柔低沉：“到了吗？”

“沈老师……”

“怎么了？”

风吹着林木簌簌交错，映衬着自己的心跳声突兀又急促，季小觉的视线失了焦距：“沈竹言，我姐姐呢。”

“姐姐？”沈竹言笑了，终于取下了面具，“季小觉，乌羽塔的小孩子都是一无所有，你是不是记错了，你哪里来的姐姐？”

沈竹言的声音像是从深夜的留声机里发出来的一样：“要过来吗，他们都在这里，你的学弟学妹们。”季小觉耳边的声音一瞬间被尖锐刺耳的求救声代替。

“这里是哪里啊！沈老师救命啊！”

“放我们出去啊！”

“啊！我要回家！”

季小觉心里一沉：“沈竹言，你在做什么？”

“我在等你。”

记忆在眼前翻滚。季小觉终于记起来她最开始见到这三个颜色的时候，是沈竹言递给她那张画。

那是她画的封烬。

她当时仅仅以为光线错落，现在才想起来上面交错的光影，正是眼前乌羽塔的颜色，被岁月洗涤过的绿青黄。

“你在哪儿？”

沈竹言没有回答，挂了电话。

季小觉站在原地，忽然有一种很深的无力感。

乌羽塔太大了，一共有四十四栋主建筑，也就是那种圆顶的城堡楼。而每栋主建筑周围又围着一众小房子，它们并排交错，像一个迷宫。或许本来就是一个迷宫。就是在这里的那一年，季小觉也从来没有见过整个乌羽塔的样子。所以要在这里藏一个人太简单了。

季小觉迈开步子走进来，她太高估自己的承受能力了。这个地方的一草一木都能让她想起那段不好的记忆。心理的恐惧和神经的极度紧张甚至让她失去了思考能力。

她盲目地走着，好不容易看到一栋楼，正准备冲过去推开门，下一秒，胳膊一紧，往后撞在他的胸口。

“别动。”

季小觉摇曳不安的心终于落了地，她顺势抱住他：“封烬。”

“好了，不怕了。”

季小觉现在才知道，沈竹言不仅抓了季施简，还有三十个学生。他们被关在这里的某一栋楼里。

封烬说：“他只给了半个小时。半个小时我们必须找到季施简和三十个学生。而且……”

封烬凝着眉，看着季小觉刚刚碰过的那扇门：“他装了联动炸弹，如果这边推开了错误的一扇门，另外一边便会有一栋楼爆炸，不管是季施简，还是三十名学生都有可能会因为我们盲目地开门被炸死。所以，为保万无一失，我们只有一次选择的机会。”

“为什么？”季小觉迷惘地看着封烬，喃喃道，“他为什么要这么做？”

“因为他不是沈竹言。”封烬顿了一下，继续说，“沈竹言在十五年前公交车坠海的事件里已经死了，现在的沈竹言是当时公交车上的另外一个人，叫陆风。”

季小觉惊讶得说不出话来，怎么……可是陆风又是谁？

封烬在她身边坐下来，继续说道：“你记不记得有一次我们逃出去的时候，救了一个人。”

季小觉茫然地点头，封烬说的就是看到银河的那一次。

他们之所以没有成功逃出去是在林子里看到了一个男孩，他像是一个布娃娃似的被丢在那里，奄奄一息。

他们当时为了救他只好把他送回了乌羽塔。

季小觉有些不确定地看向封烬，他点头：“就是他。”

“可是……”

陆风和封烬、季小觉都不一样。他从出生开始就在乌羽塔。他出生的时候被丢在外面的林子里，被当时乌羽塔的校长捡了回去。那一年是乌羽塔建校第一年，所以陆风是和乌羽塔一起长大的。他叫校长妈妈，而且他从来没有觉得校长教育小孩子的手法有什么不对。不管是绑在树上，泡在水里，还是关进淘气屋，或者更加被人所不理解的行为。在陆风看来都是对的，错的是那些不听话的小孩子。如果他们乖一点儿就不会这样了，所以为什么不乖呢。

陆风第一次帮校长往小孩子身上扎针，喂他们吃药的时候才五岁。他面无表情又毫不犹豫。只有在校长轻轻拍着他的头，说“乖孩子”的时候，他才会笑起来。他永远都是这么乖。所以他和别人的记忆也不一样，为什么要说乌羽塔对别人来说是地狱。

乌羽塔有漂亮的房子，柔软的棉被，有一年四季都会开的花，有躺在太阳底下的猫，香喷喷的饭。对于他来说，这里是一座乐园。

他们讨厌这里是因为还没有学会怎么变乖，他们需要更加严重的惩罚。直到学会听话，到最后，没有人敢不听校长的话了，大家安安静静地吃饭睡觉做游戏，和谐而又美好。

他太爱这个地方了。

可是这个地方还是被他们毁了，警察抓走了校长，弄乱了这里所有的东西。

这里一夜之间，从乐园变成荒原，他们为什么要这么做。

有人拍他的头，他躲开。

那人说：“可以回家了。”

回家？家在哪里？家被你们弄坏了。他很生气，后来那些尖锐恶毒的怨气在心里渐渐凝聚，变成一粒种子，生根发芽。外面的世界他太不理解了，每个人都在随心所欲地生活。他讨厌这样的世界，这个世界好像也讨厌他。那次交通事故是他装病让司机分了神，然后跟旁边的货车撞上掉进了海里。他没死是因为沈竹言保护了他。沈竹言是个很傻的人，大概因为他的父母也很傻，自己的儿子死了，就领养了这个自己儿子拼死救下的小孩子，将他养大。

沈竹言在大学里遇到封烬的时候一眼就认出他来了。他自始至终的目的，就是为了让封烬和他一起重新建起乌羽塔。对了，后来还有季小觉。所以他们都不需要任何牵绊。他们的牵绊由他来解决。而唐千叶、封青青、姜有鱼，沈竹言一开始只是想帮一个忙而已，松动的木桩，漏电的电路。姜有鱼被保护得太好了，只能硬来。黄色，绿色，青色，他只不过是想找回原本属于乌羽塔的三种颜色而已。

季小觉看着手机上的来电，是沈竹言。

封烬眉心一凛，拿过手机接起来。

沈竹言知道是他，说："封烬，时间不多了。既然你们都不愿意回到这里，不如死在这里吧。好歹是养育过你们的地方不是吗？"

"陆风。"封烬叫他的名字，"打个赌吧，如果我找到了迷宫的出口，放了他们。如果没有的话，我答应你，让乌羽塔活过来。"

那边笑了两声，没有说话。

季小觉不明白封烬的意思。因为她一直都知道，乌羽塔这个地方，宛如迷宫，唯一不同的是，它只有出口没有入口。

"封烬。"季小觉有些慌张地拉他的手。

封烬反握住，微微用力将她抱进怀里，抵死一般："季小觉，答应我，不管在哪个关头都要选择你自己，剩下的交给我，好吗？"

"可是……"

“我也会活下去。”封烬的声音宛如遥远的海螺鸣响，“嗯？”

季小觉点头。

封烬松开她，准备走的时候却被季小觉拉住了。

她眼神坚定地看着他，说：“封烬，你记不记得我之前说给你写了一首歌，你要是能活着回去，我就唱给你听。”

封烬笑笑：“好。”

季小觉和封烬分了两路，之前所有的慌张和恐惧现在全部都消失了。

她冷静下来，凭着遥远的记忆一路试探，直到停在一片荒地上。这里以前种着一大片三角梅，三片花瓣的校徽图案。

季小觉停下来，看着前面的那栋房子，宛如笼罩一层白气一样，诡异而寂静。

她走过去，许久，一点一点地推开那扇门。

风吹过树叶沙沙作响，远处传来水浪打在堤坝上的声音，以及人声呜咽喊叫的嘈杂，她松了一口气，大步朝里面冲去。

可是下一刻，“嘭”的一声，门被关了。

季小觉回过头，手触上门的一刹那又猛地缩回来，半边身子麻得无法动弹。

这里的门当时为了防止逃跑都是经过特殊电处理的。后来虽然都被销毁了，但是沈竹言自然有办法再还原回来。

季小觉走到窗边，隔着铁栏，沈竹言就在外面。他站在树下，灰色的针织衫，整个人仿佛融进了阴暗的林荫道一样，脚边放着一个兔子头套，脏兮兮又湿漉漉的。

季小觉一时之间不知道眼前的人到底是谁。

沈竹言笑笑："季小觉，你明明记得这片花园有多好看，为什么不愿意回来？"

"你为什么要这么做？"

沈竹言抬眼，缓缓说道："就像你一定要回到封烬身边一样。"

季小觉冷冷地看着他。

"我试图说服封烬，但是他实在太难对付了。因为他没有弱点。而我把你送回他身边，目的就是让你成为他的弱点，所以你要明白，季小觉，我帮你回到他身边，总有人要帮我回到这里，不是吗？"

季小觉冷笑一声，说："沈老师，你记不记得你以前教过我，弱点也可以变成武器的。"

沈竹言不缓不急道："来不及了。这里十分钟前已经开始注水了，还有二十分钟，水位到达警戒线，整个高压电网路一连通，包括你，都不过是一条电网里的鱼而已。"

他说完转身离开。

铁窗从外面被关上，光线瞬间被剥离，只剩水流的声音，还有她身后一墙之隔的那群学生哀号痛哭的声音。

他们被关在这里，或许已经有人察觉到了异样的味道，或者正在逼近的死亡。

镇定，冷静，胆怯，暴躁，世间万象，大家各有各的恐惧。

3.

封烬在以前的礼堂里找到了季施简。她被绑在讲台的柱子上。

封烬把她放下来，季施简身上除了一些皮外伤并没有什么大碍。等他想联系路久或者是季施简男朋友的时候，才发现这里是没信号的。

而且……

封烬将季施简放好，然后站起来，从容地转过身。

沈竹言站在门外，轻轻落下锁，然后又缓缓举起枪，对着封烬心口的位置："封烬，我赢了。"

"是吗？"封烬轻笑了一声，"不觉得现在说这话有点儿早了吗？"

"不然，你还能做什么？"沈竹言走过来。

他太了解封烬了，封烬对于枪支的恐惧，对于季小觉的喜欢，以及对于姜有鱼的责任，这些包袱封烬一个都不会放下。

所以他只需要悬好刀，放在这些致命点之上。只要他一松手，封烬就必死无疑。

沈竹言停在封烬面前，不缓不急道："姜有鱼的能力还不足以在半个小时内破解程序，更何况程序被攻击三次就会自爆，所以机会真的不多。"

他说着，将手里的枪递到封烬手上。

封烬身子一僵，枪掉在地上。

沈竹言勾着嘴角笑了笑："抱歉，唯一的机会也被你放弃了。"

他走到门边，不知道捣鼓着什么，然后从柜子里拿出另外一支枪。上膛，转身，枪口从封烬身上移到旁边的季施简身上。

“季小觉，这次轮到你了，选哪一个呢？”

封烬这才看见沈竹言刚刚在柜子上架起的是一个摄像头。而季小觉现在正在另一边看着他。

明明看不见，却仿佛对视了一样。

封烬听着自己的呼吸声，余光里是那把躺在地上的枪。

他握着拳头，额头已经渗满了汗，眼前的一切都仿佛渲染了颜色一般，变得昏黄。五年前，他举着枪打进自己同事额头的那一幕又纠缠在眼前。

黑隆隆的一个血洞，他说：“封烬，我有点儿疼……”然后在他怀里死去。这个噩梦纠缠了他五年。

“封烬。”季小觉的声音仿佛来自海岸线的另一边一样，却将封烬拉了回来。季小觉说，“我选季施简。”

“哦？”沈竹言扬起了语调，“是吗？那就先杀季施简吧。”

于是，他将枪口缓缓移向地上的人。

季小觉在另一边，看着屏幕里的人。封烬站在那里，她从来没有看到过这个样子的封烬，看向她的时候眼睛里尽是迷惘。

“封烬……”

沈竹言朝着季施简扣动扳机的一瞬间，季小觉闭上眼，只听“嘭”的一声。

然后，沈竹言闷哼一声。

沈竹言？

季小觉猛地睁开眼，封烬握着枪，枪口硝烟缭绕。而沈竹言跪在地上，右手上血红一片，枪被打到了地上。

封烬正准备继续行动的时候，沈竹言却笑了一声：“封烬！”

封烬等他说下去。而沈竹言晃着手里的遥控器：“季小觉脚下的炸弹。”

季小觉惊恐地看了一眼地面，他在下面埋了炸弹。

封烬皱了皱眉。

沈竹言站起来，接着说：“我要你，放弃一只手，或者是我炸死季小觉。”

“封烬不要！”季小觉看着视频里的封烬，大喊，“封烬，你敢！”

封烬放下枪，将目光从摄像头上移到沈竹言脸上，语气平静，说：“关了它。”

沈竹言忍着疼痛，手缓缓伸向摄像头。

“不要，封烬！”

一瞬间，屏幕上什么都没有了。季小觉只能看到自己的脸以及绝望的眼神。

她强忍住内心的翻滚，深呼一口气。她身边还有三十条人命，她总不能让封烬白白失去自己的手，又或者是命。

季小觉迅速地冷静下来，仔细分析。

沈竹言刚刚既然能接通这边的视频联系到她，那么现在应该还有残余的信号。

她拨通路久的电话，可是没有人接。她闭上眼，使劲儿搜刮着自己的记忆，眼前闪过另外一串数字，曾在封烬的手机上看到过。

姜有鱼。

季小觉拨通：“姜有鱼，我是季小觉。”

那边呼吸平稳。季小觉继续说：“密码只有三次输入机会，用破译器是不行的，会让程序自爆，所以我们只有三次机会。”

姜有鱼快速地点了取消键，手心潮湿一片。

“所以我们赌这三次，第一串数字是……”季小觉看着排气口，“29083936。”

这是她在沈竹言的办公室里提取到的一串数字，也就是环境对记忆的影响，会让人不由自主地对这串数字敏感起来。

可是，听筒里一声错误的提示。水流的声音依然在，甚至变大了。

“第二串数字是62792967。”沈竹言的手机里，青、黄、绿三个颜色的代码。

还是错的。

季小觉攒了攒手心，深呼一口气，让自己冷静：“姜有鱼，我们只能赌一赌了。”

说完，电话断线了。

季小觉尝试了好几次都拨不出去，旁边越来越多的人开始倒地了。她咬着牙。

最后一串数字是20011225，沈竹言认识封烬的那一天，也是四次事件发生的日期，三月二十，六月一号，九月十二，十二月二十五日。

可是……电话还是拨不出去。

季小觉四处看了一圈儿，除了冰冷的墙壁什么都没有。可是……她看着显示屏上自己的脸，准确说是那粒耳钉。

封烬送她的定位器。

路久之前说精确度能达到一米。如果这样的话，季小觉取下耳钉，好在空间足够。

而另一边，姜有鱼看着黑掉的手机屏幕，正在拼命地想办法换各种信号联系季小觉，可是时间没有那么多了。

正在绝望的时候，另外一台电脑上的红点仿佛在颤动一般。

姜有鱼愣了一下，这是封烬给季小觉的定位。

她忽然明白了什么，立马坐过去，将比例放大到最大比例。屏幕上，几乎以 0.1mm 的距离移动的红点仿佛是在传递什么似的。

姜有鱼手指在键盘上飞快地移动，2，0……

季小觉听着耳边嘀嗒嘀嗒的炸弹报警器的声音，最后一个数字是 5，六个点。

最后一个点摆完的同时，啪嗒一声，什么东西响了。水流停下来了，可是嘀嗒声依然在。

季小觉焦灼地看了后面一眼，刚刚还嘈杂着哭泣的学生此刻宛如被浇透的小动物一样，全部倒在地上，只剩呜咽的声音。

嘀嗒，嘀嗒……

季小觉感觉有什么在逼近，忽然，“嘭”的一声爆炸。

她下意识捂住头，耳边尖锐的声音不知道持续了多久。季小觉听到有人喊自己的名字的时候，才知道自己没有死。

风和光一起涌进来，路久带着一众警察冲进来。

得救了。

季小觉撑着身子，站起来，跑过去抓着路久问：“他呢，封烬呢！”

“老大那边没事。”

季小觉终于松了口气，身子一软，路久接住她，大声朝后面喊：“医生，医生，过来一下！”

“我没事。”季小觉挣开他，也不顾路久在身后的叫唤，朝着另外一个方向跑去。

沈竹言错就错在最后选错了目标。

季施简。不属于任何一个颜色，但是是季小觉的牵绊。

他不管选择哪个目标，都能让封烬和季小觉面对一场苦战。

可是他偏偏选择了季施简。

他应该没想到。

季施简脾气差，目中无人，骄傲蛮横，她一个人能带着季小觉活到现在不是因为本身有多厉害，而是因为她身后有一个不管她做出什么样的事情，都会替她处理好一切的男人。这个男人也不会允许任何人让她不愉快，更别说让她陷入危险了。

毕竟他知道宇宙的诞生，人类的起源，他也能知道原子怎么让世界毁灭。

在封烬孤注一掷，把枪指向自己的一瞬间。他炸开了门。不知道在哪栋楼就一栋一栋地大门挨着炸，一直到这里。

封烬趁着烟雾翻滚的时候引开了沈竹言。两人站在一片废墟里，皆是赤手空拳，也不知道是谁先动的手，两人开始交手。

封烬想起来，他刚认识沈竹言的时候，也是这么打了一架。

那个时候沈竹言输了，如今他还是输了。

沈竹言倒在地上，满身都是伤。

封烬站起来，沈竹言看了他一眼，下一刻从后腰处掏出一把刀子，直直地插进了自己的心口。

封烬瞳孔骤缩，跑过去的时候已经来不及了。

沈竹言扯起嘴角："封烬，你赢了。"

可是封烬知道，在此之前，他完全有机会用这把刀杀了自己，可他选择自杀。

沈竹言死了，死的时候没有闭眼睛，目光永远停在那片荒草园。

那里曾经种了一片三角梅，是他的乐园。

季小觉赶过来的时候，那个男人正抱着季施简从里面出来，像是抱着一件稀世珍宝。

季小觉快步走上去。

男人安慰道："没事，估计是太累了，我先送她去医院。封烬在里面。"

季小觉把目光移向他身后那栋房子里，点头："嗯。"

夕阳笼罩着这栋荒园的别墅，万物被镀上一层细光，像是随时都会被风化一样。

唯独他。

封烬从里面走出来，额角的血迹淌下来干在鬓角，脸上有一些擦伤。除此之外，完整无缺。

季小觉怔了一下，继而迈开步子，飞奔着跑过去，扑进封烬的怀里。

封烬因为受伤踉跄了一下，但还是稳稳地抱住了她。

真是奇怪，为什么她一来心口的空缺就好像被填满了。那些不好的情绪全部销声匿迹，整个世界只剩下他和她。

“封烬……”

“哭什么？”

季小觉也不知道自己怎么忽然就哭了。在此之前她还以为自己已经成熟到不畏惧任何事情的程度。可见到封烬的这一眼，才后知后觉，自己还是那个胆小又爱哭的女孩。

“好了，我不是在这里吗？”封烬揉着她的头发，“我没事。”

“为什么？”季小觉哽咽着，紧紧地抓着他的手，仿佛那是什么失而复得的宝物一样，“封烬，我以为你会死……”

“你不是说我是个斤斤计较、睚眦必报的人吗？”封烬抱着她，说，“大概正因为这样，所以你活着我也会在。你爱我有多少，我也不会比你少。”

“你知道我不是说这个。”季小觉伏在他的胸口，声音不甚清晰。

“可我想告诉你。”封烬说，“季小觉，不要总想我为什么会爱你，不如猜猜我有多爱你？”

番外 你什么时候开始喜欢我的

季小觉一直都是一个不太自信的人。

一开始在意封烬为什么会喜欢她，好不容易逼出了封烬几句真心话，比铁树开花还难。

现在又开始在意封烬究竟什么时候开始喜欢她的了。

她想了想，他们最开始遇见是在小时候，那段记忆不怎么美好的时候。

那个时候封烬肯定是不喜欢她的。

后来是在白竹港警局。

季小觉其实一开始确实没认出他来，只觉得这个人小气吧啦的。

好像随时都拿着一个记仇本，只要是得罪了他的事情，不管是有意还是无意，他都会记下来，然后找机会尽数归还。

那个时候封烬应该是讨厌她的。

那究竟是什么时候开始，封烬忽然就说喜欢她了。

季小觉始终没好意思问。

一天吃饭的时候，她忸怩了半天。

封烬握着筷子也看她好半天，问："凳子上有钉子？"

"没有，我就坐骨神经突出。"季小觉瞎编了一句，说，"封烬，你一开始可小气了。”

封烬莫名被批评，夹菜的手一顿，然后放下筷子，一副好好谈谈的语气，说：“举个例子。”

季小觉想了想，说：“就背后说了你两句坏话，你连个称呼都要挑我半天刺。”

“是吗？”封烬面不改色，“我不记得了。”

“你才不会不记得。”季小觉说，“别以为我不知道，你虽然有时候记性不好，但记仇这件事记得可清楚了，跟写了个记仇本一样。”

封烬想起来，季小觉以前也确实这么说过，说他有个记仇的小本本。

季小觉见封烬没说话，就继续说：“里面大部分肯定是我的名字吧，你对我最有敌意了，所以怎么可能忽然喜欢我，就算是喜欢我，也肯定是为了让我陷进去再把我踢开，让我生不如死，报复我。”

“……”封烬一个脑袋三个大，有些无奈，拧眉道，“季小觉，你想说什么？”

“我没什么想说的。”季小觉忽然就生气了，草草吃完饭甩手走人。

女朋友为什么会生气这个问题，饶是封烬这样被叫作天才的人，到现在也还没参透。

封烬收拾完从厨房出来，季小觉还在生气。他坐过去，季小觉往一边挪。

封烬说：“季小觉，你过来。”

季小觉虽然脸上不愿意，但心里早就发怵了。她僵了三秒钟，妥协了，走过去。

封烬心里瞬间淌了一腔的水，怎么会有这么可爱的女朋友。

他没忍住故意伸脚一绊，季小觉完全不出意外地摔下来。

封烬抱着她，季小觉在他怀里拧巴，说道："我说吧，你这个就是超级记仇，不就无理取闹了一下吗？你就欺负我！"

封烬按着她不让她动："你也知道你无理取闹。"

"你！"

"别动。"封烬的声音沉沉的。季小觉闻着他身上淡淡的香味，说着要起来，还往里挤了挤。

"季小觉。"他的声音在头顶响起来，好像有些自责，"是不是我总给不了你安全感？为什么总想这些？"

"……"季小觉愣了一下。

"以前是我不对，因为太生气了，气你不记得我，让我生不如死。这些事情我道歉。"封烬的说辞让季小觉心里说不上来什么滋味。

她一下子就心软了，撒手锏信手拈来："封烬，可我超喜欢你的。"

这个人不管什么时候，只要盲目地说喜欢他，他就会开心。

这也是季小觉无比喜欢封烬的一点，像是一个小孩子一样，简单又赤忱。

"是吗？"

"当然啦。"季小觉仰起头，跳过这个问题，有些不好意思，问，"那你什么时候开始喜欢我的？"

封烬垂着眼睛，她的眼神像是一只吃不到葡萄的小鹿一样。

他想了一会儿，说："从我的记仇本上写下你名字的那一刻开始。"

季小觉还想说什么，封烬已经不给她机会了，他轻轻吻住她的唇。

封烬有个小本本，用来记仇的，得罪他的人都会被一笔一画地写上去，然后找时间挨个儿还回去，一个不落。

季小觉心想上面大部分应该都是她的名字。

可后来发现不是大部分，是全部。

封烬的人生里，大大小小，事无巨细，写的全部是她的名字。